Fragments

Cool memories III

棱镜精装人文译丛

主编　张一兵　周　宪

断片集

冷记忆：1991—1995

（法）让·波德里亚　著

张新木　陈旻乐　李露露　译

南京大学出版社

图书在版编目(CIP)数据

断片集.冷记忆:1991～1995/(法)波德里亚(Baudrillard, J.)著;
张新木,陈旻乐,李露露译.一南京:南京大学出版社,
2013.1(2022.2重印)
(棱镜精装人文译丛)
ISBN 978-7-305-10634-7

Ⅰ.①断… Ⅱ.①波…②张…③陈…④李… Ⅲ.①随
笔一作品集一法国一现代 Ⅳ.①I565.65

中国版本图书馆CIP数据核字(2012)第234943号

Fragments. Cool memories Ⅲ
de Jean Baudrillard

江苏省版权局著作权合同登记 图字:10-2007-078号

出版发行 南京大学出版社
社 址 南京市汉口路22号 邮 编 210093
网 址 http://www.NjupCo.com
出 版 人 金鑫荣

丛 书 名 棱镜精装人文译丛
书 名 断片集——冷记忆:1991—1995
作 者 (法)让·波德里亚
译 者 张新木 陈旻乐 李露露
责任编辑 陈蕴敏 沈卫娟
照 排 南京紫藤制版印务中心
印 刷 江苏凤凰通达印刷有限公司
开 本 787×960 1/32 印张9 字数117千
版 次 2013年1月第1版 2022年2月第4次印刷
ISBN 978-7-305-10634-7
定 价 55.00元

发行热线 025-83594756
电子邮箱 Press@NjupCo.com
Sales@NjupCo.com(市场部)

当人们不再拥有影子的时候，

如何从影子上跳过去？

有人说:在最好的书籍之后,在最漂亮的女人之后,在从未见过的最美丽的沙漠之后,便开始了生活的剩余部分。

事实上,其他的事情正在发生——另一本书,另一个女人,另一片沙漠——生活的剩余部分又成为生活本身。这仅仅是结束的幻觉。

人们希望有一条最终的地平线,去标示那不可改变的品质之前的事物——即使这似乎不大可能亦然。New Deal of life. New Deal of Desire. ①

① 英语,意为:"生活的新交易。欲望的新交易。"(本书所有注释皆为译注。)

如果遇到最美的事物，而一切还显得那么无足轻重，我们为什么不对相反的情况给予足够的重视呢？例如看过最无聊的书，最平淡的风景，碰见最愚蠢和最丑的女人。其中也许就有一种完美，因此也就有一条绝对的边界，那是无价值的边界，是虚无、平庸和平凡的边界。在这条边界之外，同样不再有任何可以期待的东西。

事实上，事情并不是这样经历的。在看过最糟糕的景象之后，人们不会说：时间啊，请停下你的飞逝！[①] 不存在对虚无的陶醉。

是哪股强大的力量拯救了我的生命？是**善**的力量还是**恶**的力量？在山谷深处等待着我的是上

---

① 引自法国诗人拉马丁（Alphonse de Lamartine，1790—1869）的诗歌《湖》（Le lac）。

帝还是魔鬼？正如在中世纪的彩画里，我看到在道塔维尔[①]的峡谷上方的绚烂天空中，两股力量互相争斗。从表面上看，上帝胜利了，因为我没有死。但是以胜利姿态强加于我们的或许就是魔鬼，它让我能够继续从事死亡的事业。

在事故发生的五秒钟内，人们所想的不是生或死的问题，而是轻重或拥挤的问题。当撞击不可避免时，人们会说：直到现在，此前的事情都还比较简单，而从现在开始，事情将变得极其复杂。面对这种拥挤，面对种种前因后果的混杂，人们宁愿选择死亡。怎样解开这一团乱麻？怎样从乱麻中活着走出来？

---

① 道塔维尔（Tautavel），法国南方佩尔皮尼昂附近的一个欧洲原始人遗址。据考古证明，在45万年前，就有人类生活在这一带的山坡峡谷内，在山洞里还发现了古人类生活的遗迹。现建有欧洲史前考古中心。

就像暴风雨中孕育生命的雷电向大地播种一样,事故或灾难的能量也需要许多年的提炼。但要达到此目的,就必须摆脱死亡——施行控制高潮的性交或中国式的高潮性交后。[①] 然而,每天都要重新开始是很困难的。

本不该发生的事已经发生:决裂。本该发生的事却没有发生:重大事故,死亡。在与事物进程商讨一种复仇的和苦涩的亲密关系时,或商讨一种厚颜无耻的同谋关系时,这种种可能性总是伴随着我们。

---

① 这句话里的“控制高潮的性交”和“高潮性交后”原文为拉丁语,分别是“coitus mortalis reservatus”和“post coitum mortalem”。“死亡”在法语中为“mort”,而“小小的死亡”(petite mort)暗指性交时的高潮。作者在这里似借用拉丁语做文字游戏,从“死亡”一字引向“控制性交高潮”,喻示孕育生命的难度,即每天都要控制恐怕很难做到。另,这里所说的“中国式的”(à la chinoise)是“复杂的”意思,跟中国本身无关。在西方,人们常常把“复杂的”东西说成“中国的”。

尤其不要相信星座占卜。如果相信某人的预见，说他在九十岁之前不会死，那么在某一天死亡的机遇，在某种背景下死亡的机遇，当然还有没能死掉的快乐，以及生活的剩余部分那美妙的额外赏赐，也就荡然无存。

如果威尼斯的河流港汊，蜿蜒小巷，犬牙交错的空间，能够像一个半脑中的回旋式结构全部展开，那这个城市将占据一个无穷的空间。也许就像纽约的等同空间。此外，也许纽约在将其道路微型化后，便能重现威尼斯那迷宫般的魅力。纽约是一种冷漠对抗之地，威尼斯则是延期垂死的特权城市。

数学点，地球自转的想象轴穿过的地方。

北极——那儿的风只从南方吹来，也只向南方吹去，因为四面八方都是南，所有的方向都是南方。

那儿,指南针只能指向南方,因为它处在绝对的北方,所以再也指不出北方。

那儿,所有的经线交汇于一点,因此所有的时区都是同一个时间。

那儿,一年缩合为一个漫长的白昼,一个唯一持续的长夜,黎明,一个唯一持续着的白昼,黄昏。

那儿,星星既不升起,也不降落。

那儿,太阳既不在天空中升起,也不在天空中降落,而是在夏天,当人们看到它时,绕着地平线在同一高度上转圈。

那儿,终止了地球离心力。在绝对的北方,北方便不复存在。所有一切只能来自南方。在社会的中心,社会性便不复存在,一切只能来自他处。在主体的中心,主体便不再存在,一切只能来自他人。

所有的磁力都颠倒了方向。

对地球这颗行星上的每个点来说,只存在对跖点的方向。

在爱吃鲜肉的知识分子之后，有过爱吃死肉的知识分子，现在则出现了爱吃冷冻肉的知识分子——既不是鲜肉也不是死肉——是一种经过人工智能冰冻过的概念和思想的肉。这些概念的肉无法解冻，动辄会被处以死刑（就像东欧国家的自由那样）；这些思想的肉又可随心所欲地食用，并带着所有流行时鲜的符号，经过杀菌，除去了任何的鲜味（即便是死肉的味道也没有了）。这种新生的精神物质分泌出一种新的捕食物种，如同冷冻肉和速冻肉的品种系列激发出一批新的消费者那样：他们是速冻概念的豺狼，是信息与交流的虎豹。

不会再有死肉和鲜肉之分：这便是被交给了软件冰箱的思想的命运。

应该给那些物体——包括欲望的对象——以壮烈死亡的机会。如一个花瓶，一把椅子，一本书，一个衣柜。火焰，折断，冷落，遗忘。一次在你脑海中爆裂的机会，一次向四周飞溅的机会。

这些不真实的女人，她们是我自身被偶像化了的某个部分。女性投射的歇斯底里病症，倘若没有这个病症，我可能会成为自己最坏的那一部分的受害者：男性忧郁症。

过去，人们在一筹莫展的时候会说：目的验证手段。如今，我们已经没有了目的，于是只好说：手段验证目的。[①]

这两种说法，没有哪一种是不道德的。

最最不道德的东西，就是在这两者之间再无矛盾可言：目的与手段已经变得毫不相干。简而言之，它们不再属于同一范畴。

① “目的验证手段”的法语原文为“la fin justifie les moyens”，是一个成语，意为“为达到目的而不择手段”。这里是作者所做的文字游戏。

一切都运转得美妙绝伦,犹如聚苯乙烯的泡沫,由发电机组的同质流体驱动着:这是**善**的转移态(métastatique)。

一切都进行得糟糕透顶,所有的线路四处乱流,由焦虑驱动着,并蜕变成焦虑:这是**恶**的游走态(erratique)。

沃霍尔[①]说:应该将虚无重新注入图像的中心。"只有一旦否认了任何的超验秩序后,对物体及其局限的重新质疑才能成为可能,才能逃脱模仿的美学。这种模仿美学迄今为止仍然统治着感性世界,作为对神灵力量的再次肯定。"

---

① 安迪·沃霍尔(Andy Warhol,1928—1987),美国艺术家,波普艺术的倡导者和领袖。

应该采取不严肃的态度,但又不显出不严肃的神情。或者采取严肃的态度,却又不显出严肃的神情。那些表露神情和充当严肃生灵的人,他们一文不值。

总是希望变得更为苗条的顽念,就是变成脱离肉体的理想性形象的顽念,这也是那些明星们的顽念。脱离肉体是为不朽而付出的代价——极端的苗条是穿越死亡的唯一方法。

某段时间以来,她总是犯错,轻微的差错,手势上或决定上的错误。我是否应该把这个看作一种信号呢(显然是一种不好的信号)?或是什么都不会发生的信号?然而,这难道不是更糟吗?没有任何意义的事物,它甚至连失控行为那单纯而又简朴的无辜都没有。

对某个人胡说八道，就是把他当作张三李四。这的的确确就是信息的工作。

你的套间里防止火灾的一粒药丸。

左派政客或是右派政客其实都是一帮草包。只不过左派政客竭力想让他们的抑郁症披上道德的外衣，他们没有能力达到真正的腐败。而解放了的自由主义则为右派人士充当着智慧，正好与这种抑郁的形势相适应。

在关注现实时，由于不断地偷工减料，现实仿佛成了缺少物质本身的一种反物质微粒，现实也因此可能被摧毁。技术失业中抗体的特殊忧郁症。

动物比我们更加活跃。它们以更为敏捷的方式逃离我们，以更为坚强的毅力为自己复仇。它们以更为清新和自发的方式俯首听命或抗旨不遵。它们在条件反射中更加残酷。从各方面来看，从它们甘愿俯首帖耳的影子来看，动物比我们不知要高级多少倍。

法国人的自命不凡会让他们断言：切尔诺贝利[①]的放射性尘埃没有越过我们的国界。我们是**文化**和(真正的大革命的)《人权宣言》的圣地，所以来自虚假的(苏维埃)革命的死亡尘埃绝不会波及我们。就像各种国际性卑劣行径一样，丝毫奈何我们不得：如黑手党、各种丑闻等肆虐全球，却从不曾在法国出现。当然，个别小小的自然灾害在所难免，

① 切尔诺贝利(Chernobyl)，乌克兰地名。1986 年 4 月 26 日，前苏联乌克兰共和国的切尔诺贝利核能发电厂发生严重泄漏及爆炸事故，导致 31 人当场死亡，上万人由于放射性物质而患病或死亡，至今仍有因放射线影响而畸形的胎儿出生。外泄的放射性尘埃随着大气飘散到前苏联的西部地区、东欧及北欧的斯堪地维亚半岛。这是有史以来最严重的核事故。

除此之外，我们在 18 世纪创造的**大自然**，它绝不会跟我们过不去。

优生学及其各种变异或许能在未来前景中得到验证，人们期待一个高等的种族（但就人类而言，并不存在什么高等的种族——人类现在这个样子，是进化的绝对前景，也是生物圈的毁灭者）。相反，任何旨在使物种接近一种正常完美的基因操作，即接近一种统计学上的平凡，那都是卑鄙之举。除非是抱有不可告人的恶意，想通过这种基因的混淆抹掉物种的特异性。若是这种情况，那就无话可说：人类总是想着改变游戏规则，甘愿冒自我毁灭的风险。迄今为止，人类只是在象征范畴内这么做，从今往后，他们将在生物学领域内大有作为。

“如果我可以确定我所做的一切只不过是吹牛，那么我或许能做出惊天动地的事情。”（沃霍尔）

然而轻信是那么习以为常的事，以至于很难被人怀疑。所有人都宁愿相信现实，相信坦诚，相信文字的忠诚。甚至连《传道书》[①]中纯属编造的一段语录也被认可为事实。

况且，充当伪君子又有什么用呢？所有一切终有一天会真相大白。时间本身就是真相的同谋。随着时间的推移，无论什么样的骗局终究都会露出真相。

然而，一切都源于撕下面具的快乐。不过，那些想这么做的人并没有真正成功。他们落入了陷阱而不能自拔。只有寥寥数人知道这一切在何种意义上仅仅是一场骗局。

至于脑力“劳动”方面的事，我已经稀里糊涂。剩下的只是虚空中的一种可支配性，除了万有引力外，不应该从中指望任何东西。

① 《传道书》(Ecclésiaste)，圣经中《旧约》的一部分，共有12章。

片段的文字其实就是民主的文字。每个片段都享有一种同等的区别。最平凡的文字却能找到非凡的读者。每个人都会轮流获得权利，以享受自己那光荣的一刻。

当然，每个片段都有可能变成一本书。但是人们恰恰不会那么做，因为椭圆曲线比直线更长。但也是出于懒惰：人们没有权利在无用的目标上耗费时间，就像人们没有权利为某些有用的目标而剥削自己一样。同样也出于对文字的同情：毕竟它们已经为我们鞠躬尽瘁了。

众多的思想和话语造成了一种消化不良，而有些人却希望从中获得一切——我们则相反，需要多谈谈思想的泛滥、文字的糟践和语言的文本疲惫——不这么做，你将被评价为直觉短缺及话语贫乏之辈。

片段的另一个诺言：只有它们才能劫后余生，才能在意义和语言的毁灭后幸免于难——就如同那些空难中的苍蝇，只有它们能幸存下来，因为它们实在太轻了。就如同爱伦·坡[①]笔下大旋涡中的残骸：最轻的碎片掉进深渊的速度就最慢。这就是我们需要紧紧抓住的救命稻草。

任何与幸福的接近都会唤醒青春期的焦虑。

捆绑上我吧！捆住我。福尔斯[②]的《痴迷者》。非法拘禁如同喜欢抓捕人质，如同引诱的最高形

---

① 埃德加·爱伦·坡(Edgar Allan Poe，1809—1849)，美国诗人、小说家和文学评论家，美国浪漫主义运动的代表人物之一，以悬疑及恐怖小说最负盛名。他也被视为侦探小说的鼻祖及科幻小说的先驱。

② 约翰·福尔斯(John Fowles，1926—2005)，英国作家，主要作品有《收藏家》、《法国中尉的女人》等。其中《收藏家》(*The Collector*)的法文版译名为《痴迷者》(*L'Obsédé*)，主人公以收藏蝴蝶为爱好，在爱上一位美丽的女大学生后，也把她当作蝴蝶捆绑在家里进行欣赏。

式。引诱本身就是一种绑架形式，它导致一种降服和一种暴力性默契。在她屈服于暴力后，在顺从于与之相连的残暴后，便迎来了爱情经历的最强时刻。

我们很难想象相反的情况，即一个女人以这种方式捆绑和单恋一个男人，她充其量只能在精神上拘禁他。

用一个闪烁的目光去开启性感的双唇。用一只若有所思和湿乎乎的手保持着嘴唇的张开。那只手带着预防性的谨慎停留在半空中。又带着一丝嘲弄的痉挛沉浸于此。Be careful!①

淡蓝色的小牛犊，沿着一条蓝色的地毯爬上山丘。而我驾驶着装有履带的机器缓缓超过它。

---

① 英语，意为："小心一点！"

无性感的安宁——处于下跪的牛前胸位置上的视网膜的端庄——穿着一条背带裤。

无意识，正如人们说的那样，是无声胜有声的东西。事实上，只有当有人对它说话时它才会存在。就如同那些植物，若是给它们浇水，它们就会生长。一旦将其遗忘，它们就会凋零。这便是我们对**无意识**的农学耕种。

贡布洛维奇[①]，纳博科夫[②]，斯韦沃[③]，施尼茨

---

① 贡布洛维奇(Witold Gombrowicz，1904—1969)，波兰小说家、剧作家和散文家，影响了包括米兰·昆德拉在内的许多作家。作品有《跨大西洋》(*Trans-Atlantyk*)、《色情》(*Pornografia*)及《太空》(*Kosmos*)等。

② 纳博科夫(Vladimir Nabokov，1899—1977)，俄裔美国小说家、诗人、文学批评家、翻译家及文体家。代表作为《洛丽塔》。

③ 伊塔洛·斯韦沃(Italo Svevo，原名 Ettore Schmitz，1861—1928)，意大利犹太商人兼小说家。大器晚成，60 岁后才写出名作《季诺的意识》(*La Coscienza di Zeno*)。

勒[①],卡内蒂[②]。这些最伟大的人物为何都多少有些激烈地反对精神分析学呢?说到底,弗洛伊德自己在其后期,不是也有点反对精神分析学吗?

罗西夫[③]精心拍摄那些动物,是否只是因为他从心底里讨厌它们呢?每个人对自己的对象都会怀有些许残暴。清除这种残暴那也无济于事,人们无法将它从无意识的动机或普通的心理中清除出去:这是一条象征性规则。分析属于残暴戏剧的一个组成部分。毁灭属于对象的(爱情)智慧的一个组成部分。

---

① 亚瑟·施尼茨勒(Arthur Schnitzler, 1862—1931),奥地利小说家、剧作家、医生。一生共写有30多部戏剧,主要作品有《调情》(*Liebelei*)、《轮舞》(*Reigen*)等。

② 埃利亚斯·卡内蒂(Elias Canetti,1905—1994),奥地利裔英国籍德语作家、剧作家,1981年获诺贝尔文学奖。作品有《群众与权力》,自传三部曲《得救的语言》、《耳中火炬》、《眼睛游戏》及长篇小说《迷惘》等。

③ 罗西夫(Frédéric Rossif, 1922—1990),法国纪录片导演,以拍摄动物纪录片为主。作品有电视栏目《动物的生活》(*La Vie des animaux*),纪录片《动物的末日》(*L'Apocalypse des animaux*)及《从纽伦堡到纽伦堡》(*De Nuremberg à Nuremberg*)等。

人们正在灭绝的倒不是人性，而是非人性和兽性——亦存在于人身上的兽性。因此，人与家畜在其自愿的成对关系（与小猫小狗之类）及其情感双簧中各自表现出一种愚蠢——人牢牢地管束着他那洗白了的动物性，将其置于**联合性类人**（Humanoïdes Associés）的阴影下。

鉴于我的上升星座与我的星相相同，我注定要服从于一种强迫性的协调，或遭受一种命定的解体。没有脱节，没有矛盾：没有什么东西能够动摇星座和星相协作的巨大合力。

独腿汉子过着双重的生活，因为他要从别处获取另一条腿。

在持久的不确定性中,她被人喜爱,他被人渴望;她被人认可,他被人需要。于是他们两人带着苦涩,相互越走越远。

这个男人在十年中,每天晚上都吃两顿饭,一顿在他情人那里,一顿在他妻子那里。但十年中只有唯一的一次,她俩给他吃了同样的东西:白汁炖小牛肉。

解决吸毒问题的唯一办法:将毒品变成一种世界通用的货币,一种普通的新型等价物。这样,人们就不再消费它。从使用价值过渡到交换价值后,毒品也就拥有了与黄金和纸币一样的抽象意义。人们可以囤积数千吨的毒品作为国际货币基金的保证金,正如诺克斯堡①那样。而黄金汇兑本位制

① 诺克斯堡(Fort Knox),美国的一个重要军事基地,位于肯塔基州,也是美国国库黄金存放处。

将变成麻醉品汇兑本位制(Narcotic Exchange Standard)。

正像那位布拉格大学生,他在镜子的零乱碎片中重新找到自己的影像,世界独特的万物皆可在普遍性这面破碎的镜子中寻回自己的影像。

两种有趣的情形,即思想的速度快过语言时,或语言的速度快过思想时。最糟糕的就是思想和语言以相同的速度行进:这便开始了厌烦。

嗅觉的幻觉。这并不是一些具有攻击性的气味,而是一阵轻微的恶心,虽然轻微却长久不散,而且没有什么明显的原因。这种感觉不像那种假象或光学幻觉,能够引起美学性的飘飘欲仙感。那么,为什么会有这种木头燃烧的气味,柠檬的清香,霉菌的气息？令人害怕的是，身体机器可以分泌出某些物质的幻觉——而人们知道精神能够分泌出精神的幻觉。这就说明人们在生理上也会受身体的欺骗。

有些镜子没有涂锡汞齐，这就允许你清白地窥探这个世界——这是意识的最美的隐喻之一。不存在没有锡汞齐的屏幕，因为在屏幕的另一边没有什么可看的，在不被人看到时就没有什么可看的。

梦中对一个女人的不忠的揭露。我是否应该将做这个梦的责任归咎于她呢？毫无疑问，她与这事脱不了干系。梦是不会骗人的。主宰梦境的智慧就是你的智慧，但是在梦中起作用的激情却来自别处。只有苏醒才能还原情感幻觉中的欺骗性剧情。

庄子笔下那个屠夫的快刀之刃:与目光一样犀利的刀刃。那刀刃非常轻薄灵巧,可以在十步之外进行切割。只要靠近它,只需看到这刀刃,肉就会自行分离成块。①

从实验室回来时,手里握着装有分析结果的一个信封,他机械地将其投入自己看到的第一个邮箱。

唯一真正应该讨厌的人,就是那些解释万物的职业人士,以暗示方式施暴的专家,居心叵测的行家,还有推卸责任的里手。若是评论家,他们认为任何分歧都会暴露作者的敏感性格。若是分析家,他们认为任何谨慎都是暗暗对抗自己的符号,是对

① 此处暗指庄子的《庖丁解牛》。

自身恶意相加的符号。若是人工智能的冠军,他们会认为你在性格上就不适合(确实如此),如果你不进入这场游戏,他们就会对你投以怜悯的目光。

所有这些新闻界和巴黎知识分子圈里的阴森面孔,都在电视摄制大厅里。所有人的尾巴都冻结在冰河里,[①]如同弗兰兹·哈尔斯[②]笔下的《哈莱姆的摄政王》。

由于疏忽而死亡——仅仅一时的大意,人便不在了。

自杀,通过吸收存在的潜在界线而实现。

---

① 典出法国中世纪的《列那狐的故事》。列那狐骗老狼伊桑格兰说,想要吃鱼,就得将尾巴放到河里去钓,结果狼的尾巴被冻在河里不能动弹。这里似讽刺那些沽名钓誉的文人使自己处于难堪的境地。

② 弗兰兹·哈尔斯(Franz Hals, 约 1581—1666),荷兰肖像画家,与伦勃朗、弗美尔齐名。代表作有《哈莱姆的摄政王》、《吉卜赛女郎》及《两个唱歌的男孩》等。

随着身体的不断适应，人们可以承受超量的酒精剂量。这完全像很多年以后，我们也可以宽容地对待某个人一样，其宽容限度对其他任何人来说都是难以置信的。我们已经集体忍受着某种程度的拥挤、感觉上的侵害和超出想象的污染，这对于人类种群以外的某个观察者来说是无法想象的。

依据这条原则：宁愿被一颗瞄准你的子弹打中，也不愿死于一颗流弹。另依据这样一个事实：这个世界上的流弹比瞄准目标的子弹要多得多——那我们是成为恐怖分子好呢，还是当受害者好呢？

从我不再有时间的那一刻起，我便对别人怎样使用时间非常好奇。他们在醒来后都会忙些什么呢？他们怎么能忍受从早上开始就有事要做呢？

他们怎么能整天忙得晕头转向，就像洗脸池里旋转着的流水，直到流入睡眠的进口才罢休呢？他们在自己生命的触摸屏上敲打着，屏幕上持续显示着一种歇斯底里式的日常生活，时不时地还显示出空虚时间中令人陶醉的日常生活。

那些其时间被无聊琐事吞噬了的人们，他们甚至无法设想你们竟然会无事可做。应该让他们停留在这种幻想中，只有这样，他们才会像尊重吞噬人的活动那样去矫揉造作地尊重你。与另一种歇斯底里相对的，即与缓慢和厌烦的歇斯底里相对的，就是事务的永不停歇的活力，这种活力不过是停顿时间的歇斯底里。

现代的活动与沙漠中的秃鹫有着同样巧妙的功能：在吞噬停顿时间的同时，它们让我们使用纯粹的时间。在结束自由时间之时，它们将我们带入忙碌时间的苦恼。

出于同样的用意，应该感谢那些政客们，毕竟他们在全心全意地消化着政治的尸体——这些鲜活的石棺，保护着我们不受死人腐烂的侵害，否则，这种腐烂很有可能危及整个社会机体。所有灾难都保护着我们免遭更不幸事物的侵害。因此，那些批评家的愚蠢应该拥有一种高级功能——保护我们的功能，他们通过厚厚一层自己分泌的知识污垢和评判的秘密暴力保护着我们。如果没有他们，我们就得被迫对付自己，起来反对自己。

还有所有那些让我们解脱令人乏味的义务的人，他们让我们免除了管理钱财、处理事务、安排休闲和把握道德的义务。幸运的是，这些多余的任务都转移到了江湖术士、捕食者和投机者身上，更不用说那些油嘴滑舌的哲学家了。尤其别去想着纠正他们话语中的幻想，因为这能让我们有力地摆脱一种困境，即面对愚昧的不平等挑战，面对我们的自由带来的重负。

所有这些发展壮大的企业，其唯一的目的就是洗白利润。所有这些注定无法完工的工程，其存在只是为了提供时间，以便索取政府补贴，进行贿赂以及投机谋利。所有这些计划，相当于为做事而做事的唯一必要性，相当于追求成就的精神需要，犹如一种人工呼吸。整个的生命，注定都要从事这种降级的活动，它们甚至达不到任何实现威望或财富的目的。

到处都是大赦，丑闻的洗罪，发票的洗白。但谁也说不准，这种洗白发票就像随之而来的集体中毒的发票那样，有朝一日会落到权力的大理石上。媒体和政界将为之付出高昂的代价，何况他们已经在支付抵押汇票了，这是他们从想象的我们的部分付款中抽取的汇票。他们已经失去了任何的信用和可信度。

在我们的周围，处处都是这个世界无辜的符号，永久运动的符号，贞洁和顽皮的符号，月光、秋日、水生物等环境的符号，以便婴幼儿时的想象得以复活。

有这样一些生灵,其美丽的激发来自某个更加美丽的人的奴性关系,而这个人又只能忠诚于另一个比他更加完美的造物,形成一种永无止境的链接。

对于某些人来说,其意志和生活因寄居于魔鬼般的躯体而倍感折磨。对于另一些人则正好相反:其痛苦来自他寄居于一个美丽无比的躯体这个事实,这个躯体如此之美,以至于痛苦无法炮制出与自身相同的任何东西。

正是这种冷漠,自然的或是佯装的冷漠,将痛苦带进了爱情解体的复杂体系:同一个地方从来就不能有两个女人,无论她们之间是互相嫉妒还是心照不宣,一切都可能坍塌。冷漠也将痛苦带进了意志极点的这种精神解体中,使得任何决定都是不可能的。同样也将痛苦带进了概念的撕裂和分散之中，人们本该可以生活在温暖之中，生活在夫妻神经官能症在文化上的对等物中：基础概念的和平使用。

为什么会有这种反常爱好呢？也许是从中找到某种能量的感觉，然而更重要的是：撕裂和解体都是一种折磨，存在某些对智力的折磨，正像存在对身体和欲望的折磨那样。但是在这些折磨中，人们也能感受到某种快感。

长久以来我一直在思忖，为什么我爬自己家的五层楼总是神秘地要比爬别处的更加困难。毫无疑问，如果我不住在那里就不会那么难爬，如果我并不期待在那里找到我的复体，而且是我想要摆脱的那个复体。我真希望溜到那里，就像溜进某个别的人家，并且暗喻性地脱下我的鞋子。而深夜晚归的魅力之一,就在于暗暗地希望“另一个人”已经有时间酣然入睡,而你可以悄悄地钻进被窝却不吵醒他。

所有那些处于神经疾病发作边缘的社会,它们倒是没有崩溃。所有那些蒙受难以想象的肉体、意识形态和媒体迫害的躯体,它们却以一种难以置信的可塑性强力抵抗着。不应该同情我们的脆弱,应该欣赏我们的抵抗力,还要欣赏全社会的抵抗力。

所有那些情报部门徒劳的跳动和神秘的攒动,都一一进入了知识的领域,成千上万的研讨会相互充当着跟踪对象——更不用提那些双重间谍了,他们为一个强权国家工作,那是一个虚拟惊愕与愚蠢比较学的强国。成千上万的研究人员,犹如冒牌的间谍,忘记了揭去他们鞋底上的价格标签,就像忘记了在他们思想报告中删除卡片和引文一样。当他们在讲台下交叉双腿时,我们仍然能看到鞋子的价格;当他们把雨衣放到椅子上时,仍然能看见雨衣的商标;而在结论处,当他们透过眼镜以荧光的双眼斜视时,就能从中看到千位数的思想,他们又在其失败上悄悄拭去眼角那一滴哲学的泪水。

无意识和我们一样,它也在渐渐衰老。褶子和皱纹爬上面孔。人们还是能认出它,看着它走上前来,它依然有着神经质的习惯。它在时尚面前败下阵来,渐渐衰落,以自然死亡的方式死去。事实上,它已经进入幽灵的状态,对**无意识**就像对所有的幽灵一样:当它们的存在本该纠缠并干扰我们的存在时,我们却无忧无虑地生活着。

上帝知道,如果他现身,他便不复存在。他自己从来就不想存在。他只能让人预感他的存在所引发的问题。相反,广告的意图就太明显了,它过分显示自己的存在，反而事与愿违：影响其有效性。

没有更多的证据可以证明广告的有效性比上帝的存在更加突出。

在某座教堂的三角楣上有这样一句祷文：Que tienes que Dios no te haya dado?①你还拥有什么上帝没有给你的东西？（言下之意：他把一切都给了你）。但还有这么一句：你还拥有什么上帝没能给你的东西（也就是说：真正属于你自己的东西）？完全相反的句子。甚至在《圣经》的章节里也会出现模棱两可的情形：没有**他**什么都不能创造。而在卡塔尔教派的版本中就变成这样：没有**他**只能创造什么都不是——从反面陈述了**恶**的原理。

本质从来就没有机会得到复活，而存在却总是

① 西班牙语，意同紧接的下一个问句。

有二次存在的机会。

无限生长者：那些自我摄取界限缺失的人。

呆在连环画话框中的葡萄球菌者。

满月时晶体式的潮气。

镜子中最后的肉诱饵。

波德莱尔[①]说，每个人身上都有一剂与生俱来的鸦片，并且还在不停地更新。因此便存在一种意志与其自身分裂的先天形式——出生的神秘形象。"你的烟斗吸的是你自己。"屏幕看的东西就是你。

我怀疑她在佯装睡觉，目的是避免发生性关

① 波德莱尔(Charles Beaudelaire，1821—1867)，法国象征主义诗人。作品有《散文小诗》、《巴黎的忧郁》、《恶之花》等。

系。只有谈话才能深深地刺激她，她的笑声如珠子一般在她周围崩落，甜言蜜语如连环画的话框在她身旁飞舞。然而这些话框具有防御功能：它们如同保护圣母之子那样保护着她。

巴亚尔塔港①的赤道森林里，弧形灯光线照耀下的建造中的共管公寓大楼：豪华的感化院，最终解决方案②的构件，就像加尔维斯顿③的精油厂，或是圣巴巴拉④的石油平台。

瑞士人最近很虚伪地禁止食用鹅肝酱，为的是

---

① 巴亚尔塔港(Puerto Vallarta)，墨西哥海滨疗养地，位于太平洋沿岸。

② 最终解决方案(Solution finale)，指纳粹德国在第二次世界大战期间推行的最终消灭犹太民族的政策。这里似将炼油厂的装置比作纳粹集中营中的毒气室。

③ 加尔维斯顿(Galveston)，美国海港城市，位于得克萨斯州墨西哥湾的加尔维斯顿岛上。

④ 圣巴巴拉(Santa Barbara)，美国城市，位于加利福尼亚州的太平洋沿岸。

不让动物遭受痛苦(牺牲性再次进行了打击!)。他们并没有明白，鹅肝酱不是一种需求，而是一种奢侈，一种毒品——是一种对被牺牲动物的病态器官的病态性消费，等等。人们再次想到了《第三个人》。

另外，瑞士还是一个神奇的国家：在其建国800周年之际，庆祝伯尔尼市历史的仪仗队全部由当地人组成，在主要由意大利人、黑人和日本人组成的观众面前，他们列队而过。

瑞士的魅力就在于在这个如此舒适、祥和、单调而又充满童稚气的国家之上，一直笼罩着尼采的阴影。这种舒适(Gemütlichkeit)让人无情地想起西尔斯-马丽娅[①]小镇。据说这种下等人类(Untermenschlichkeit)每天都会出现，而且这种情况将持续数个世纪，作为对出现超人的赎罪性牺牲。这个超人选择在此地出现，在这个任何高级智慧都被淹

① 西尔斯-马丽娅(Sils-Maria)，瑞士度假胜地。尼采曾经在此居住过。

没在温暖的胎盘中的地方，真可谓不合情理。

瑞士的狡猾就在于在几个世纪里都向全欧洲提供雇佣兵，也因此使自己免于战争的威胁。这便是如今所有富裕国家的做法，他们向全世界提供武器，虽然不能制止暴力，但至少可以成功地将战争逐出自己的领土。

瑞士的城市是世界上最整洁、最卫生、保护得最好的城市。在那儿，即使是古老的街区也如同新区一样，会让人感到重建后的面貌一新，而事实上它们从来就没有拆建过。然而正是在这些城市——伯尔尼、苏黎世——却存在着最为难办的“开放的吸毒区”(öffentliche Drogenszenene)。毒品处处皆是，犹如该国财富的静脉用海洛因。深层的黄金滋养着表面的梅毒疮。

所有这些左派分子（迫于**历史**）勉为其难，左侧功能转向右侧，最终学会了左右开弓，双手写字，自然是从左边往右边写，并且期待着用右脚趾画出他们的自由空间。

与保险公司竞争的广告。We assure you

—from the candle to the grave

—from the womb to the tomb

—from the sperm to the worm

—from erection to resurrection①

成千上万的女人在冬天的受虐癖，冰冷刺骨中光着小腿甚至大腿——冬天的牺牲品，以反衬方式

① 英语，意为"我们为你保险/从烛光到墓穴/从子宫到坟墓/从精虫到蠕虫/从勃起到复活"。

祈求着一种插入的温暖。每个人都梦想成为一股冷气,使她们的嘴唇皲裂;或成为一股热气,从她们的嘴里喷出。冬天里,所有这些来来往往的女人,对她们的这种温热的插入不禁让人想起睡美人。轻抚一个女子却不惊醒她,这是一件多么美好的事儿啊!对她而言只是一个不寻常的梦境,只有她的身体在享受,这又是多么美妙的事儿啊!她希望在不知道的情况下被强暴,这是怎样一种隐晦的欲望?

对于任何女人而言,人们希望在她不知道的情况下占有她,以便让她在我们不知道的情况下尽情地享受。

“也许,他还剩下足够的男性能量,能够将她从梦中惊醒,但在年迈的江口①心中,他已经没有所需的刺激了。”

---

① 即江口俊博(Toshihiro Eguchi, 1873—1946),日本神道教改革领袖之一,曾经与臼井瓮男(Mikao Usui)一起创造了一种灵气能量疗法(Reiki),即用按手礼为人作身体和心灵的治疗。

烦恼曾源于单一性，而如今却源于节奏的加快。人们越是以为能依靠离心力逃离烦恼，便越是陷入真正的烦恼，陷入布朗运动[①]和粒子运动的疯狂的烦恼。也许还处在能在加速差速器上做文章的时代，以便能寻回我们不再能够控制的惰性与烦恼。

我们可以与知事的人进行讨论，也可以与不知事的人进行讨论，但是佛祖自己却不能与自以为是的人进行讨论。

你到底是谁，J. B. 先生[②]？你整日谈论着拟像

---

① 布朗运动(mouvement brownien)，物理学术语，指悬浮的粒子在液体中作不规则运动的现象，由英国生物学家布朗(Robert Brown，1773—1858)首先发现。

② J. B. 先生，即作者让·波德里亚(Jean Baudrillard)本人姓名的缩写。

(simulacre),你自己就是拟像,岂有他哉?

答案:正因为我存在着,所以我才能进行拟真(simulation)的假设,进行普遍拟像的假设。你们自己已经是不真实的,你们无法设想事物的不真实性。你们不过是你们自己的影子,所以你们不能够对透明性做出假设。

那些实施相异性的人,或那些实践团结友爱的人,当他们觉得应该背叛自己的身份时,就会把这些当作一种夫妻义务,有时还当作通奸行为。

通过某种爬坡式的不确定性,而且处于隐秘的遥控下,我终于绕过决定,借助惯性而意外地抓住事物。说到底,只需让事物处于它们自然的斜坡上,即自行产生斜坡上。因此,人们通过一种客观的偶然和懦弱的行为,总是可以达到目的。

尊重与欣赏的表现只能留下茫然和梦想。因为人们被剥夺了防卫手段，不能进行拒绝或作出回应(通过一个等值的符号)。这就像被注射了一剂胰岛素后变得麻木不仁。欣赏是攻击性的静脉注射形式。这就是为什么它会那么难以表达，或者难以接受。如果说欣赏真是一种激情，那么对它的表达就属于一种激情的犯罪。

托马斯·伯恩哈德[①]。为什么有这种对软性亵渎神明的迷恋？有这种与软性通货紧缩的时代相当的迷恋？他对奥地利的仇恨也与对家乡——外省——的仇恨相当。他那种对颁发文学奖的模仿恶作剧(维特根斯坦[②])也如同典礼一般沉重。他的

① 托马斯·伯恩哈德(Thomas Bernhard，1931—1989)，奥地利极富争议的一位作家。其笔锋独特，尖锐，对自己祖国的抨击毫不留情。代表作有长篇小说《寒霜》(*Frost*)、《历代大师》(*Alte Meister*)，剧本《鲍里斯的节日》(*Ein Fest für Boris*)等。

② 维特根斯坦(Ludwig Josef Wittgenstein，1889—1951)，奥地利裔英国逻辑学家、哲学家。作品有《逻辑哲学论》、《哲学语法》等。

成功来自他恬不知耻地赞同这个时代的所有特征，而这个时代与其揭露或滑稽模仿的对象具有一种粗俗的默契。

他的呐喊？可怜的毕希纳[①]，可怜的贝克特[②]，可怜的乔伊斯[③]，可怜的热内[④]！你可以体会一下这位圣托马斯[⑤]在奥地利式的叫喊中、在腓力斯人[⑥]的叫喊中所表现出的惊人的自鸣得意之感。那是狡猾的掘墓人在食尸歌剧中的叫喊。

他的流放？他绝对没有被流放在其社会之外。他是典型的否定分子，是肥水社会的当班诅咒者，他从社会中汲取其沉重的能量，将它提炼为一种公

---

① 毕希纳（Georg Büchner，1813—1837），德国作家和诗人。代表作为《丹东之死》。

② 萨缪尔·贝克特（Samuel Beckett，1906—1989），爱尔兰著名作家、评论家和剧作家，1969年获诺贝尔文学奖。他兼用法语和英语写作，代表作为《等待戈多》。

③ 詹姆斯·乔伊斯（James Joyce，1882—1941），爱尔兰作家，诗人。他的作品及“意识流”思想对全世界产生了巨大的影响，代表作为《尤利西斯》。

④ 热内（Jean Genet，1910—1984），法国作家。作品有《鲜花圣母》、《玫瑰奇迹》及《小偷日记》等。

⑤ 圣托马斯（Saint Thomas），此处指托马斯·伯恩哈德。

⑥ 腓力斯人（Philistin），地中海东岸的古代居民，约在公元前11世纪居住在巴勒斯坦一带。在法语里，“philistin”一词被用来形容那些庸俗、无教养的人。

认的叫喊——愤怒与仇恨的轻喜剧。在他身上有一点通俗喜剧和萨沙·吉特里[①]的味道。其实在他身上就有一种骗子的味道。当然啰，那些崇拜者对他的迷恋也属于欺骗的一部分。

尤其在艺术方面，我们已经习惯于拟真的戏中戏——复制品的复制品。因此，伊丽莎白·D女士一字不差地复制了沃霍尔的鲜花。复制品如同真品一样热销，而且价格不菲。从美学角度看，这完全是个谜。从商业角度看，这一点也不神秘。然而当X先生再复制伊丽莎白·D女士的鲜花后，那又能卖多少钱呢？也许就一文不值了。但也许第四代复制品又会变得价值连城。于是就有了一种拟真的周期性，高度稀释的拟像将产生与原件一样的

① 萨沙·吉特里(Sacha Guitry，1885—1957)，法国剧作家，电影导演、编剧、演员。主要作品有《骗子的故事》(*Le Roman d'un tricheur*)、《王冠上的珍珠》(*Les Perles de la couronne*)等。

效果——就像在“水记忆”中那样。博尔赫斯[①]可能会说:将一个文本翻译成另一种语言,然后再将其重新译回原来的语言,如此反复无数次后,人们将肯定能还原原文。

多亏有了超功能的天气预报计算机学,人们可以准确无误地预测第二天或第三天的天气。问题是这需要四天的计算。四天之后,我们可以精确地知道前一天以及前两天的天气如何。天气的真理仅仅是制造天气。而事实只需硬挺下去。若有需要,真理可以反过来纠正事实。即便是下了雨,这天也还是晴天。因为事实就是事实,而真理总是真理。真理总是姗姗来迟,但一旦真理到来,一切就得由它发号施令。

---

① 博尔赫斯(Jorge Luis Borges, 1899—1986),阿根廷著名诗人、小说家兼翻译家。作品有《布宜诺斯艾利斯的激情》、《面前的月亮》、《阴影颂》、《死亡与罗盘》等。

人们很快就会转向反对医学的斗争，而不是与自身的疾病进行斗争。最终只有通过对医学的精神发泄，通过对既能保护又生恐怖的医学器械的发泄，人们才能不经其他任何形式而治愈疾病。从这个意义上来说，医学是无法回避的。也许医学本身就从巫术中承袭了这种转移疾病的倒错功能。

只要（海湾）战争还在继续，看守部级机关大门的保安们就依然宽容大度，而一旦风险排除后，他们就变成了严格的执法者。

当一种功能变得无用时，就越是要加强，这是很正常的事。因此，官僚主义长期以来就是一种过分强化（而又恼人）的功能。同样，广告也以自嘲的方式、反广告和反话的方式加强自己，很久以来，它已经不知道应该遵循什么功能。因此，当其目的烟消云散时，性欲却越来越强（当结果消退时，欲望便在膨胀）。

因此,抗体也开始发作,启动了自身免疫系统的各种疾病,因为它们意识到,在一个受到超级保护的身体内,自己已无用武之地。他们也像那些保安一样,要挽回他们那龙套角色的尊严。

在录音室里,你的思绪犹如在讲词提示器上一一而过,你变成了你自己思想的自动读者。尤其是当你的目光碰巧落在了控制屏幕上时,你就能看见你正在实时中讲话。

在电视摄影厅里,你会感到你的思想正在失去其精神,失去某种品质,人们只能在诱惑或竞争的关系中找到(如果能找到的话)这种品质。人们只有在相异性中才具有精神,即使这些思想处在孤独中亦然。

从这个意义上说,思想的精神,思想的紊乱、惊奇和魅力都只能在人们的决斗游戏或感官游戏中起作用——这正是屏幕的虚拟性和成千上万的观众所禁止的东西。屏幕是一种冻结的相异性的形式，一种罚没的相异性的形式，也许还是一种理想的相异性的形式，就如同理想城市(Ville Idéale)的形式那样，可那里却没有一个居民。

在巴西利亚四周的卫星城里——那里的高原被认为是世界磁场重力的中心——在神奇的亚利桑那州，在产生外星振荡的地下石英层里，人类生灵处处都在发明崇拜的场所，崇拜的物品，与货轮崇拜[①]或阿兹克特人的圣庙非常相近，承担着吸引任何高等物种的目光的重任。我们生活在害怕被人发现的顽念中，又处于害怕不被人发现的萦念中，或生活在害怕随时随地都会消失的顽念中。生物圈 2 号[②]就是这第三类遭遇的一种虚幻的准备阶

---

① 货轮崇拜(Culte du Cargo)，一种宗教形式，尤其出现在一些与世隔绝的土著居民中。据说太平洋中的美拉尼西亚群岛的土著居民看到入侵军队一用发报机呼叫，就有人用货轮或空投方式给他们送来食品与药品，觉得非常神奇。于是他们也模仿建造了发报棚和发报机，对着假话筒呼叫，希望得到他们所需的物品。

② 生物圈 2 号(Biosphère 2)，位于美国亚利桑那州的一个人造封闭生态系统，建造于 1987—1991 年间，意在测试人类是否能够在一个封闭的生物圈中生活和工作。该实验以失败告终。

段。就像发向太空的信息或代表人类标志的太空模(巴赫的音乐等)[①]。

阿兹克特人也曾生活在对高等种族的期待中。然而,西班牙人到来后,便对他们进行了种族灭绝。我们还算是幸运的,还没有看到另一个种族出现在地平线上(但这个种族也许就来自我们自身的深处)。

我们处在一个冷漠而不宽容的社会里,丝毫的分神,丝毫对现实规约的违背,都会遭到猛烈的镇压。虚情假意和现实主义的庸俗大行其道。所有的思想在瞬间便浇注于混凝土中。排斥异己的行为丝毫不比任何宗教社团或斯大林社会逊色。什么都没有改变。蠢猪们的沆瀣一气到了无以复加的地步。

---

① 指美国1977年向太空发射的两颗宇宙探测卫星“旅行者”1号和2号所携带的唱片“地球之声”。

在这些社交场所,所有人即使从未谋面也都互相认识。一张张贪婪的面孔,因相互的提前相识而神采奕奕。但他们也许是在另一个世界里相识的?这便是左岸①的鸡尾酒会给人们的印象。所有人脸上都闪烁着似曾相识的红光——像影子一样漂浮在斯底克斯河②的水面上。再说,地狱也只能是这样:对所有经历过的东西的强迫性模糊记忆,却永远不能将某个名字和一张面孔对上号。

免税区和价值减免区的猥亵,即提供给商品那十足庸俗的交界区域的猥亵,它就处在现代城市的步行街上。汽车上的引渡会让我们开心。然而,人们还是觉得它像一场糟糕的化装舞会,原因是它用一张具有人类面孔的虚假城市在进行欺骗,而城市

① 左岸(Rive Gauche),即巴黎的塞纳河左岸,大致包括六个区。拉丁区也位于左岸,是大学、画廊、出版社、文人及沙龙聚集的街区。

② 斯底克斯河(Styx),希腊神话中冥界的五条河流之一,亡灵必须渡过此河才能到达冥府。

的卓越之处，显然就在于其非人性的特征，尤其是机动车交通那根本的异化。

在现代艺术的虚空面前，唯一的问题就是：这样一台机器，在缺少新型燃料的情况下，在操作者的漠视下，在批评的幻灭和商业的疯狂中，它怎么能够继续运行？如果能继续运行，那么这种幻想主义将会持续多久——100 年还是 200 年？这个社会就像一个边缘不断扩大的容器，其中的水永远不会沸腾。

当代的小小动物志。

保护——动物园表现出一种不可抗拒的激情，以救助和保卫濒危物种。于是人们保护了一定数量的动物，然后让它们重返自然环境。好事啊，然而在此期间，自然环境却已经消失！对人类而言也是如此：把人类放在一些隔离室中进行理想的再生

（海洋疗法、精神分析法、奢华俱乐部、医院或是避难所），然后再将他们送回社会生活中——好事啊，而在此期间，社会环境却已经消失！

繁殖——“我们从这只雌老虎身上提取了卵子……这些卵子与一只苏门答腊虎的精子在试管中进行了人工授精。就目前而言，我们只将胚胎保存着，待日后再植入另一只受体雌老虎的体内，即数量更为庞大的西伯利亚虎的体内。”

营养——被囚禁的动物到底死于什么呢？就死于它们不再需要寻找食物。必须加上这种生命攸关的活动。对于野兽，我们要用一根绳子把鸡挂起来喂它。对于猴子，我们将它的食物藏在洞里。对于鸟禽，我们将活着的昆虫抛撒开来……对于人而言，同样也需要这么做。生活在社会中的人究竟死于什么？就死于不再有生命攸关的活动，死于不再需要为寻找食物而进行斗争。

透明——人们不再忍受看着动物被关在栅栏中。于是，栅栏被换成了防弹玻璃。

面孔越来越成为图像的纯净物质。似乎人们迫切需要在非人性爆发之前固定好这面人类激情的镜子。从这个意义说，在伊拉克电视上出现的美军战俘那沮丧的面孔，那空无物质的漠然面孔，成了这场战争回忆中唯一可以与军事战役的技术广告洪流相比拟的图像。

或者还有那网球运动员的面孔，在电视谈话的间隙中，电视镜头正对着那张面孔：僵硬而迷茫。球手盯着他的双脚，凝视着他的球拍，好像一件丢失的物品，看不到周围有任何东西，他正处在一个绝对不幸的阶段。

“有个性的”特邀记者们在谈起（海湾）战争时不仅对事实没有任何怀疑——无论是运用常规的外交措辞或是政治辞令都是这样——而且在谈到他们自己的书本身时，就像是在谈论立足于显见现实的资料一样。他们所做的一切，就是背诵资料和复制资料——这便是人们所称呼的交流。他们是自身文本的叙述者，就如同叙述一件真实的物品，没有丝毫的顾虑。这是对观众的何等蔑视，对书本身的何等蔑视。他们只关注自己产品的新闻交流价值，正如他们只关注事件的政治交流价值一样。

这是（股市）资本投机循环系统中享乐的储存。就像人们在超导体中储存能量一样，期待着某一天能将该能量全部恢复——然而这难道不是一种消除这种能量的方法吗？享乐的储存，其实就是储存的享乐。

露台上有张咖啡桌。一位年轻女子在等待。她张贴了一张征友广告，与回信者中的一人定好了约会。其实她真实的目的并不是约会，而是在进行一项研究，看何种男人会回复这类广告。等那男人一到，她就会把这个目的跟他说明，以避免任何的误会。那个男人到了,她也如是说了。男人回答道:就他而言,他做的研究正是寻找何种女人会张贴这种广告。最后,他们发现他们张贴征友广告的目的如出一辙,他们最终双双坠入爱河。

葡萄牙的竞选广告:“真是太棒了,第一次带着爱心来做事。请投社会党一票!”广告上画着一对紧紧拥抱着的年轻夫妇。

粗俗的愚弄会适得其反,好比过浓的化妆反而招来鄙视。这里分明就是政治阶层对其自身的蔑视。事实上,色情的信息中隐藏着一种真正的危急信号。所有的广告在其风光的表面背后,都有着这类沮丧的音色。因此,对于能听懂它的人来说,广告亦有其暗藏的威慑价值。“千万别投我的票,我已经落败到何等程度!”

有证据表明,政治阶层与现实社会构成了一个相互平行但又毫无关联的微观社会，其唯一的使命就是自我繁衍。其证据在于，那些影响这个社会的丑闻对它并不产生后果，就像财政崩溃或金融丑闻那样，对现实经济并不产生什么后果，因为这二者之间根本就没有必然的关系。

从某种意义上说，这种状况保护着我们：它保护着公民社会远离政治阶层的变迁，正如它保护着经济（剩余的经济）远离证券投资和国际金融的波动。这种衍生了虚拟政治和虚拟经济的分离，在某种程度上是一种有益的分离。但从另一种意义上说，这种情况也许更为糟糕。因为一方面是虚拟政治和投机性经济，而另一方面则是现实社会和现实经济，这两个方面以巨大的速度相互远离，最终无疑会导致两败俱伤。

记忆是一种危险的功能。它会以回溯的方式赋予事物它本来没有的意义。它会以回溯的方式抹去众多事件的内在幻象，抹去形成事物独特性的幻象。但是如果这些事件还保留着它们最初那谜一般的形式，保留着它们模糊而又恐怖的形式，那么也许就不再有历史。

有这么个想法，说你的思想可以被人窃走，这种想法是没有意义的。如果你的思想可以被人窃走，那就说明它并不重要。如果它可以被人窃走，那就说明它本来就不是你的思想。

鉴于性行为之后有抽支烟的习惯，人们不禁要问：当香烟消失之日，是否就是性行为消失之时？两者的同步衰退令人担忧——两者之间是否具有必然的因果关系呢？在香烟逐步消失的所有地方，性快乐的整个神秘文化、性快感的电影式享受都将受到严重威胁。

众多庞大帝国的终结是否也意味着意义帝国的终结,意味着符号帝国的终结——它是否意味着在愤怒与激情的帝国中,人们永远也不能做任何事了?

在电影日渐衰退之时,而梦呢,它却越来越具有拍电影的架势。它远离了初始的过程,以便进行后期配音。这样,我就可以在后续的片段中,加拍一段前一次梦中所缺失的片段。我也可以随时干预——而且几乎意识到自己在干预——一点也不会中断梦的思绪,我可以干预梦的进程,如果我不满意梦的结局,同样可以干预。然而什么叫"如果我不满意梦的结局"呢?梦的客观过程又去了哪里?无意识,你还在这儿吗?从前,人们醒来是为了逃避一个噩梦,而如今人们用蒙太奇来校正梦境。梦的相异性,它是否也将失去部分力量?

改变现实世界的数据。与其徒劳地在现实上做文章,还不如让梦想与现实的交流机制进行干预,让真实与幻觉的交流机制进行干预。

例如:在一个梦中,我们的汽车掉落河水中。我终于从水中挣脱出来得救了。然而与我同行的女士却正在下沉。那么我就要做出选择:或者在梦中进行干预去营救她,或者对梦进行干预,迫使梦向好的方向进展。我确实成功了:梦改变了进展方向,她终于死里逃生。我只需以适当方式对梦进行操作,就能改变它的内容(而在梦境的现实里,我得有足够的勇气才能达到目的)。

但是,应该从什么地方对自己的梦进行干预呢?从梦的内部吗?而且还不能从梦中惊醒。应该从什么地方对现实进行干预呢?从现实的内部吗?而且还不能相信现实。

苏醒的瞬间中对梦的记忆的消失。梦境就在那儿,近在咫尺,几乎可以在视网膜屏幕上感觉到它，却无法将它抓住。梦的分解原子都散向了何方？醒来的人们试图回忆起他的梦境，就像一个死去的人努力在收集他活着时的记忆，或像活着的人努力在回忆死者的面孔。

从梦的角度看，向清醒状态的过渡就像经历一场死亡，存留下来的只有前世生活的零星片断。也许动物的脑子里也有这种含混不清、稍纵即逝的模糊回忆？通过记忆的稀释，重新回到爬行动物那迟钝的感觉中。

人们是否能够把他的一生献给一个不属于自己的思想？或忠于一个他从未爱过的女人？我与巴黎第八大学生活了25年，这是个毫无欲望的女人，而我只是在别处找到了快乐。那么怎样才能长久地进行一个游戏而又没有一刻受骗的感觉呢？是什么性格机器在这种解体的策略背后运行着呢？

永远也不要选择理想的城市，或理想的生活环境，抑或理想的女人。因为一旦失败，责任将会地狱般沉重。

当民主处于例假中时，当它需要止血之时，丑闻便是民主的止血布。

枕头的清新，夏天，这是绝望的清新。

赤裸地、炽热地、鲜活地处理事件，就像处理海湾战争那样，但并不是实时地进行，也不是退到过去，而是运用一种提前的距离。第三类型的新闻，即与信息截然相反的新闻。

如果说追悼是恋尸的最温柔的形式，那么恋尸的最冷酷的形式便是掘尸,以便进行最终的尸体解剖。那些追捕和挖掘某个作者的作品的信徒们就是这样,全然不顾作者的意志。对文本的热衷是对治疗的热衷的另一种形式。如果是活人们在对死者进行食尸,这倒也罢了。但最糟糕的是食尸者在他自己还活着的时候就吃自己的腐肉,提前将残存的一点尸骨册封为圣物,以保证他自己死后的封圣仪式。

想想能经历世界末日的那一代人闻所未闻的机遇吧。这与经历开天辟地一样非常神奇。怎么能不竭尽全力希望这一刻呢?怎能不尽微薄之力去做贡献呢?

世界之初便已存在,那该多么神秘。然而我们生得太晚了。留给我们的只有终结。让我们全神贯注地观看事物、价值、概念、机构的死亡吧!看着它们一一消失。这也是值得我们付出代价的唯一赌注。

人们梦想着一个隐形的思想，它能穿越所有的探测网络而不被发现，以便准确无误地打击其目标。

提前到达的微妙快乐，进行估量的巧妙快乐，即通过将我们与准确到达时间分开的那个虚空时间，去估量在没有到达那里之前我们会是怎样。然而那些迟到的人，他们无疑会围绕着某种倒错的享乐转圈，因为他们在该到那里之前却迟迟不去那里。

一切事物在它发生之前应该都有不发生的机会。这种悬念是至关重要的，犹如一张照片的负片。正是这张负片使得事件具有某种意义，这正是让事件发生的意义所在——从来都不是第一次，而总是第二次。因为诸多事物只有在第二次时才有意义，就像再浸礼中的洗礼，就像变形画中的形式。于是就有了一种幻觉，即总会有第二次相会，另一次机会，在另一个世界或另一个前世生活中。

对于一种关系来说永远都没有定论——所有没能解决的问题，所有没能挑明的东西，都应该在二次存在中相逢。克尔凯郭尔①会说，正是在这种“重新把握”中才有深度的愉悦：凭借另一次相逢的游戏而战胜时间。

所有核心的事物都会第二次上演（只有死亡恰好是唯一的事件，不可重演）。但是这个二次期限也是最后一个期限，而每个“重新把握”的事件，象征性地重演的事件，都将我们向死亡推进一步。一旦所有事物经回忆概括集中后，同时又被这种回顾抵消后，命运就盖棺定论了，结局也将迫在眉睫。

① 索伦·克尔凯郭尔（Soren Aabye Kierkegaard，1813—1855），丹麦哲学家、神学家、心理学家及诗人，现代存在主义哲学的创始人。主要著作有《非此则彼》、《勾引家日记》、《恐惧与战栗》等。

正因为我梦想她已经死亡，我才觉得她身着黑色衣服时更加漂亮——其实是因为我梦想她已经是个寡妇。我从她身上喜欢上了自我死亡的寓意。但是这种寓意，我确实在肉体上拥有了她——这便是服丧工作的一个独特形式。

个体是濒临死亡的——
但民主是后活力的。
陶醉是后历史性的——
但未来是早熟的。
享乐是后进食的——
但沉默是大脑的，不一而足。

由于单调过度，要改变现状的任何东西便显得无足轻重。

由于麻木过度，要强迫自己去尽情表演便显得无关紧要。

由于现实过度，要竭尽思想直至其精髓便不再轻而易举。

由于交流过度，要人们说话或从事写作便不再显而易见。

一个公民要从信息出发而形成一种观点，与从艺术市场出发形成一种美学判断一样，其可能性等于零。

当想起成千上万的乌合之众那复杂得让人无法想象的神经质，想起所有这些问题的指数之和时，人们会说这个星球上精神污染远远超过生态或技术的污染。而在道塔维尔和克罗马农[①]时代绝对不是这样。生活的简朴和冷酷起着自动调节作用。

---

① 克罗马农（Cro-Magnon），法国南方史前文明遗址，位于多尔多涅省。那里有最早（3万年前）的欧洲智人，考古界称之为克罗马农人。

如今,我们已经用精神食人习俗取代了原始的食人习俗。我们已经进入了虚拟残酷的阶段。

来自人造技术的爬行的非人道——这是否就是物种的爬行动物大脑那最直接的流溢物?

“失聪”是一种比看不见要小得多的痛苦。因为看得见是一种持续的惊奇,而且还有一种视觉的修炼。视觉可以对它看到的事物进行蛊惑。甚至连丑陋之物也会变得神奇无比,只需那么一瞥,那么一眼,一种颜色,只需对外表有一种纯洁的喜悦。听觉则更像是来自内脏,更具有悲剧性,因而离恐惧也更近。听觉离语言和意义更近,因而也更接近于愚蠢。因为与景观和视觉相比,语言的荒诞性更具渗透性,更加伤人,意义也更加沉重。因此我宁愿因失聪而与世隔绝,失聪免去了世界的荒诞,我不愿意失去人世的场景,哪怕是猥亵的场景亦然。

听觉更多地取决于性欲,失聪取决于性无能,而视觉与目光涉及的是引诱。生活着却看不见,就是生活着又不被人看见——尽管这并不能阻止失明女人们给自己化妆,甚至还在一面镜子前。这便是没有诱惑的生活。没有目光的世界就像一个不眠之夜,充满了内在的噩梦。

我总是这么想,在他们的梦中,失明之人是否看得见?失聪之人是否听得见——视觉和听觉在梦中是否还经过感知器官?因为在梦中,人们可以不用运动器官而飞行自如,也可以不用声音说话而口若悬河。

显而易见,失聪出自一种不愿再听下去的隐性欲望,它通过抵制话音和信息的骚扰而割断声音。因为这个世界说到底是一个神奇的视觉报道——真正让人不堪忍受的是那些评论。

患鼻窦炎时你自己的声音在头脑中旋转的效应。脑壳内部的拉尔森[①]效应，让人感觉像是在电话监听台前。那些思想本身也因无法从话音中找到出口而乱哄哄地盘旋。

人们常说智慧的表层下掩盖着愚蠢的深层。倘若愚蠢的表层下是一层厚厚的智慧那又会怎样呢？在提高到拟真的乘方时，愚蠢与智慧将混为一体。任何提高到二次方的品质将与其反面相互混合。但是愚蠢总是比智慧更胜一筹，因为愚蠢是不可理喻的。

---

① 拉尔森(Søren Larsen，1871—1957)，丹麦科学家，扩音器的声学反馈效应(Effet Larsen)的发现者。话筒接收的声音经扩音器扩大后播放，如果话筒离扩音器太近，或话筒正对着扩音器，话筒就会再次接收这个声音，又送扩音器重新放大，周而复始，频率递增，最后变成啸叫声。

价值的概念，抽象的概念，思辨[1]的概念，它们必须扩展到大脑物质中去，就像从前的耕作要扩大到粪便物质中那样。把智力当作灰质[2]进行投机，就像对任何一种原料那样按质论价，用假钞换算它的等价物，从今以后，智力已成为猎头们的猎物。

目光的结构状字模下众多物体的连续内在性。

物体中不可缩减为客观性的东西。

性别中不可缩减为性行为的东西。

语言中不可缩减为其意义的东西。

事件中不可缩减为其故事的东西。

---

① “思辨”(spéculation)一词在法语中也有“投机”的意思，即在金钱上进行投机，在概念上进行思辨。这是作者做的文字游戏，所以下文中根据语境译作“投机”。

② “灰质”(matière grise)，法语中对人脑的一种称呼。据说人的脑子是灰色的物质，所以法国人以“灰质”指称“脑子”或“智力”。

当人们不知道自己需要什么的时候，必须依附于某个知道自己需要什么的人。是啊，然而那个知道自己需要什么的人，难道不是已经值得怀疑了么？

当人们对自己的兴趣和判断不太确定的时候，必须依附于某个有确定兴趣的人。是啊，然而正是在这一点上，怎样在这种条件下进行选择呢？

当人们没有多少人际关系的时候，必须依附于有这种关系的人。是啊，然而怎样才能找到这样的人？如果不擅长这种事，怎样才能与他建立联系呢？

当人们不知道如何去爱的时候，必须依附于某个爱你的人。是啊，然而怎样才能依附于他呢？

病毒信息。供“非信息化病毒署”(Agence Virale de Désinformation)使用的主题。

A communicable idea, thought, ideology, image, notion or concept, that is created by someone, for no one in particular, but everyone in general, which purpose is to infect, invade, seduce, subvert, and ultimately transmutate the host society, culture, metropolis center, nation state or any other system or cultural circuitry, seemingly on a selfpropelling redundancy overload that is rushing towards its own collapse, destruction, annihilation, argameddon, and/or demise—This is itself an information virus designed to infect the immature host body politic. ①

① 此段为英语，意为："一个可交流的念头、思想、意识形态、图像、概念或观念，它是由某个人创造出来的，不是为了哪个特定的人，而是普通意义上的人，其目的就是要感染、入侵、诱惑、颠覆，最终要改变寄主社会、文化、都市中心、民族国家或任何其他体系或文化电路系统，看上去像是一个自我推进的重复性超载，它正在快速冲向自己的崩溃、毁灭、湮灭、自我混乱和/或死亡——它本身就是一个病毒信息，是为感染未成熟的寄居体政治而设计的。"

计算机是否会将我们带向一种物质的和非人道的智慧形式？它们是否会与命运相交，汇合于物质的普通运动，与人类及其历史那永不中断的时刻相遇？

在知识分子之间，在众多晚宴中，巧妙的恶语中伤，柔软而花哨的行刑，还有那截头锯式的屠杀。一种高密度的能量进入了这场习惯性燔祭仪式，每天晚上都代替了知识界圣餐的血腥晚宴。余下的时间用来复活头衔、姓名、作品和回忆，以保护文化潜能不至于落入记忆的空洞。任何一个成分的遗忘或走样都具有传染性——其他所有成分都会失去线索。姓名和面孔的突然遗失与笑声一样具有传染性。终有某个时刻，这种遗失会取代社交聚会中的笑声。

在里约热内卢召开的世界生态大会也是灾难

的一部分。作为颇感后悔的生态破坏者，蒙特爱迪生集团①出资资助了很多生态保护工程，就像人类种群在全球范围内所做的那样。事实上，对环境的挥霍正随着人们所采取的保护措施而继续加大：里约热内卢上空下的美元雨，理所当然将以涓涓细流注入黑手党和政界的千年运河中。在物理与生物的灾难之上，又增加了意识形态的灾难，还有对赎罪之举的呼唤，对全球神圣团结的呼唤。

在他们陶醉于“自然资源”和晚宴的地方，我也陶醉于透明的美丽蝎子和自然界的叵测居心（他们若以顺势疗法的剂量接受这番话，这一点也不奇怪）。

① 蒙特爱迪生集团（Montedison），意大利前大型跨国公司，成立于1966年，曾涉足化工、农业、医药及冶金等众多领域。该公司股东构成变动频繁，2002年最终变更为爱迪生公司（Edison S. p. A.），后者为意大利第二大能源集团。

海德堡(诺贝尔奖得主诞生的摇篮!)[①]的科学家们断言:“自然状态并不存在,有可能从来就没有存在过。自从人类在生物圈中出现以来,人类就一直不断进步,让自然为人类服务,而不是人类为自然服务。”无论如何,这些邦葛罗斯[②]式的科学家却根本没有进步,并没有将自然界的智慧运用在为自己服务上!他们的建议,那种被科学的客观性意志感悟过的建议,相当于这种说法:“上帝并不存在,有可能从来就没有存在过。自从人类在生物圈中出现以来,总是人类在相信上帝,而不是上帝相信人类。”

最可笑的还是那个有可能。科学界“断言”某个东西有可能从来就没有存在过!要比这更加客观恐怕是很困难的事了。

---

① 海德堡(Heidelberg),德国城市,有德国最古老的海德堡大学。该大学出过众多知名科学家,仅化学系就有近十位诺贝尔奖得主。

② 邦葛罗斯(Pangloss)是伏尔泰的讽刺作品《老实人》中的哲学家,他认为世上的一切都将臻于至善。

人们可以充当自己思想(人们并不相信思想,思想也没有什么后果)的骗子,放荡者(人们把他们当作跳跃的思想),小丑和华而不实的人(人们会自行嘲笑这些思想),战士(人们狂热地维护着思想),悔恨者(所有的战士最终都会后悔)。我们可以既是思想的天真同谋,也是思想的受害者。

当人们拥有思想之时,他们大多数人都会变成自己思想的寄生虫。但是无论如何,这种心灵状态完全适用于那些没有思想的人,他们也先后变成了小丑、战士、后悔者,成为思想缺失的同谋和寄生虫,他们从思想缺失出发为自己准备了完美的命运。

乐观的讲话显然是最绝望的讲话,因为乐观主义是一种心灵的运动,它针对**善**的存在,证明了最糟糕的不确定性,而针对**恶**的存在,它证明了最宽泛的可能性。如果有**善**存在,那就用不着相信善,也用不着乐观(况且更用不着悲观)。这两种类型同样令人沮丧,颇含贬义。

地下室里早已被人遗忘的那个瓶子,也许以每年大约几毫米的速度在书架上移动,然而它已经超出边缘数厘米了。它利用那普遍的冷漠(如海湾战争等)继续自己的步伐,并且离自己能成功地落地和摔碎已经为期不远,以此造就众多无意义事件中的一件事。但是这些事件却具有决定性,因为正是这些事件的纯偶然性,才证明了它们那种缓慢的走向和盲目的意志。然而我看见了这只瓶子,阻止了它的行进并将其放回原处——就像在孩子们的游戏中,谁在跑动的过程中被人发现就必须回到起点。不过我知道,那个瓶子只是在等待被人遗忘,以便重新策划它那邪恶的计划。

咔嚓咔嚓:我那些垃圾箱的 X 光照片——我的遗传密码的扫描图片——我日常生活中所有物品

的照片清单。

在所有的情况下:一种没有面孔的分析。你那已经失去身份的不起眼的镜像,你生活的排泄物和微不足道的细节的镜像——被迫的甄别,警察的侦查,与尿液检测同样猥亵,或与精神分析同样淫秽,种种方法都是一些退化的技术变种。

废物的普遍美学化。魔术的残留物,其威力建立在他人的痕迹、垃圾、指甲、头发和死去的碎粒之上。然而古老的妖术现在还留下什么呢?

我梦见了一场强度五级的概念暴风雨,它吹过已经遭到破坏的现实。

美国大学的校园:它们就像迪斯尼乐园,是一个理想的微缩城邦,是智慧生物圈的人造的典型理想国。就像任何理想的实现物一样,它们最终会散发出一种野性的束缚——政治上正确——散发出一种内部毒物，充满着毒液和内吗啡肽（endomorphine）。

伊壁鸠鲁[①]：偶然。

斯多葛派[②]：命运。

怀疑论者：幻觉。

犬儒主义：嘲讽。

古代思想的几种基本形象，而在我们充满现实主义和赎罪感的现代思想中，它们已经变成了异端邪说——然而它们依旧充满生机活力。我们只是在其中添加了两种补充性邪说：恶的原则和完美的原则（卡塔尔教徒[③]和摩尼教徒[④]）。

---

① 伊壁鸠鲁（Épicure，约公元前 341—前 270），古希腊哲学家，无神论者。其学说强调感官的快乐，认为快乐是生活的目的。

② 斯多葛主义（stoïcisme），古希腊四大哲学流派之一，也是古希腊流行时间最长的哲学流派之一。从公元前 3 世纪塞浦路斯的芝诺创立该学派算起，斯多葛主义一直流行到公元 2 世纪的罗马时期，前后绵延 500 年之久。

③ 卡塔尔教徒（Cathares），中世纪法国南方一基督教派的信徒，被视作异端而为宗教裁判所打击。

④ 摩尼教（manichéisme），发源于古代波斯的一种宗教，建立在严格的善恶二元对立基础上。

突然,记忆的血脉像是被肢解了。这是幽灵般末梢的反面,在那里,缺失的肢体似乎还能神经质地得到灌溉。而在这里,各种物品都还在场,然而它们不再有神经系统。虽然随处可见,垂手可摸,然而它们不过是一个回忆,就像某个亲人,我们甚至都想不起他的名字。

那位发狂的播音员,我拒绝参与他的节目,但他仍然自说自话,似乎我还在那儿,他提着问题,等待回答,留下空白时间,然后对着电台说:这不,B先生就在这儿,但他不想回答问题。这是否就是人们所说的哲学家?

死亡的极点位置。

机体冲突的混战的最后一人。

博弈的象征性裁判。

死者的美丽,就在于他们侧身而卧。不能仰面朝天——这是被消灭和最后的审判的迹象——而侧着身,双腿蜷曲,这是胎儿蜷缩和睡眠的姿态。

某个机体死于自然死亡,或是因为它本身从基因开始时就带有某些细胞,其功能就是要结束自身,这两者是有很大区别的:后者是一种自动的程序,如果没有这个程序,生命本身,还有活着的机体也许会永远活着。如果没有这种特殊的抑制性行为,生命将无法自行停止,并将无穷无尽地繁殖。

睡眠难道不是如此么?而思想呢?不是也需要一个因子来启动程序,而让另一个因子来阻止它么?事物中无疑存在着许多抑制因子,它们的干预阻止了思想的连锁反应,否则,思想就会消失在虚无中,消散在疯狂和无限中,就像生命消失在不朽中那样。

我们的现代病理学就是这些抑制因子缺损的病理学——它为所有的功能打开了指数级发展的前景。

在阿尔蒂普拉诺高原①的安第斯山山谷里,印第安人就像生活在他们被改变了形象的身体内部。那里的石头有着肉体的质地,那些色彩,赫红色、绿色、黑色、菘蓝色、被氧化的颜色,都是身体内部的颜色,是黏膜和器官透视的颜色。更不用说崎岖的道路、逶迤的地貌、地质的间隙、错综的断层,印第安人在那里行走和活动,就像在一个躯体内部活动一般。但这是一个被撕裂的躯体,向天空开放的躯体,同时保留着血液循环系统那最初的和肉质的质地。此外,有些形状与活着的物质在肉质上非常相

① 阿尔蒂普拉诺高原(西班牙语为"Altiplano",原意也是"高原"),位于南美洲的安第斯山脉,世界第二大高原,地跨秘鲁、智利、阿根廷及玻利维亚四国。

似——躺着的女人，剥了皮的岩石解剖，泛着铁锈红的组织和血管。印第安人天生就精于矿物，善于开采岩石中裸露的金属，就像从身体组织中采集圣物一样。这里与北美的沙漠大相径庭，在那里，同样的地质波折并不以内脏表征出现，也不表现出同样的圣事仪式。沙漠是一个更加表面化、更加不真实、更加脱离肉体的妄想之地——以它们的方式令人赞叹。在阿尔蒂普拉诺高原的阿根廷部分，上帝和大自然本身似乎都变成了我们躯体的血淋淋的隐喻。

思想代数的四条公理：

——周边对空虚的引力。

反密度，反万有引力。雅里[①]

——啤酒和香烟的等价物，非生存(non-être)

---

① 阿尔弗雷德·雅里(Alfred Jarry，1873—1907)，法国剧作家、诗人，啪嗒学派('Pataphysique)的创始人，对后来的法国超现实主义运动产生过开创性的影响。代表作为《愚比王》。

的和谐等价物。布莱希特[①]

——生存及其反面的互补性，法西斯和反法西斯的互补性等。本雅明[②]。众极点的同谋关系。

——因果的相互转换，结果围绕原因旋转，结束围绕初始旋转。天命。转喻。

轻微的痛风病

轻微的关节炎

轻微的吞气症

轻微的哮喘病

轻微的气管炎

轻微的真菌病

轻微的老花眼

从心理学角度看，

---

① 贝尔托·布莱希特(Bertolt Brecht，1898—1956)，德国戏剧家与诗人。其主要戏剧理论著作有《梅辛考夫》等，代表性剧作有《母亲》、《四川好人》、《高加索灰阑记》及《伽利略传》等。

② 瓦尔特·本雅明(Walter Benjamin，1892—1940)，德国著名哲学家、思想家及马克思主义文学批评家。代表作有《机械复制时代的艺术作品》等。

全都是性格障碍。

矛盾修辞法[①]:绝望的光芒—倒退的冲动—非宗教的道服[②]—虚拟的现实。

远日点:我们位于离太阳尽可能远的地方。

远地点:我们位于离地球尽可能远的地方。

冷漠:我们处于离痛苦尽可能远的地方。

垂危:我们处于离死亡尽可能远的地方。

两个人合写一本书的这种趋势意味着什么呢?

---

① 矛盾修辞法(oxymore),法语中的一种修辞,即用两个相互矛盾的词同时修饰事物,如黑色的太阳、雄辩的沉默、渊博的无知、卑鄙的伟大、崇高的耻辱等。

② “非宗教的道服”,原文为“mante religieuse”。“mante”一词在法语中意为“螳螂”,加上“宗教”的形容词后仍保持“螳螂”的意思。但是“mante religieuse”也可以指宗教的道服,同时还引申为“妖妇”、“害人精”等义。这里是一个文字游戏。

如果概念正像它本该成为的那样，完全是一个对手，如果概念就是一个挑战或是一次哲学的决斗，那么我们就应该独自面对它。如果概念是一项智力工作或是一项研究，那么人们就可以两人或多个人一起做。

1992年7月27日，63岁生日，是浮士德鲁尔博士[①]出生后的确切年龄。惊人的巧合：所有我这个时候写的东西，关于通讯社[②]的，关于“跨命运快报”的，还有关于客观性嘲讽的，都是在啪嗒学[③]的旗帜

---

① 浮士德鲁尔博士（Dr. Faustroll），雅里的荒诞小说《啪嗒学家浮士德鲁尔博士的功绩与观点》（*Gestes et opinions du docteur Faustroll, pataphysicien*）中的主人公。该书描绘了某个哲学家的功绩和教导，他在一个筛子中穿过巴黎，投身啪嗒学的信条。

② 此处的通讯社指的是波德里亚虚构的“秘密通讯社”（Stealthy Agency），该通讯社旨在搜集虚假事件信息以便向公众提供假情报。详见：« L'ascension du vide vers la périphérie », *L'Illusion de la fin ou la grève des événements*, Paris: Galilée, 1992, p. 29。亦可参见《冷记忆：1987—1990》（南京大学出版社，2013）一书的最后一页。

③ 啪嗒学（'Pataphysique），由法国剧作家雅里创立，以嘲弄和荒诞的方式讽刺现代科学的理论与方法。原意为形而上学之上的学说，建议用想象的方法解决问题。在小说《浮士德鲁尔博士的功绩与观点》中雅里对这门学科进行了详细描述。

下写成的。

记分的汽车驾照是个极好的程式。然而仅仅让驾车行为独享这个奇特的思想不免有些过分。应该将其扩展到整个存在的范畴,并为此创造一种同类型的生存执照。每一次对行为道德准则的违犯,都将在生存执照的分数中扣减——分数扣完将导致生存执照被吊销。这样,存在的道路将更为安全,而且一旦清除了那些不会驾车的人,道路将不再那么拥挤。此外,那些人甚至没有机会去有好的或坏的表现,因为根据定义,与汽车驾照不同的是,生存驾照的吊销将是终极性的(唯一的解决办法就是拥有第二次生命)。人们可以设想给他们一次回收的机会,在觉悟专家的指导下,给他们再次注射尊重标准的意识。于是他们就进入了暂时的存活期。然而最好的方法是设想一种禁令,即禁止生存立刻执行。只需要将记分执照镶嵌成程序化移植组织的形式,以便通过自动的昏厥去清除顽固不化者。这将是对人权的无条件执行。而在对民主那准确的和不折不扣的执行中,人们将看得更为清晰。

1948 年:《我们一生中最美丽的年代》[①]。

影片中的人物对他们的感情还保留着我们已经不再拥有的那份真诚,那种天真的信仰。我们的感情虽然被鲜美地称为情感,以便拯救一种情感生活中的虚境,但在现实中,它们已经成了心理的造作,在我们看来已经失去了任何的信誉。或者说这是一些转变的情感,它更多地表露身体的情节剧,而不表露灵魂的细腻。这种天真烂漫,在我们对待我们的梦境时已经不复存在。在梦中,我们总是惦记着怎样解析它们,怎样分解梦境,探讨梦的嘲讽

① 《我们一生中最美丽的年代》(*The Best Years of Our Lives*,法文片名为 *Les plus belles années de notre vie*),又译作《黄金年代》,美国导演威廉·惠勒 1946 年的作品,获 1947 年最佳影片、最佳导演、最佳男主角等 10 项奥斯卡大奖。

本能。然而更加糟糕的是从这个时代起，不仅仅是生活，就连电影现在也好像失去了任何的简朴性。它只知道跟在造作后面滑稽地模仿，从而转向了心理剧①，或者转向可见的情节剧。追溯往昔，那也可以说是电影“最美丽的年代”。

蒙特伊克②，1992 年 7 月，奥林匹克运动会的开幕式。世界级男高音歌唱家面对着王家看台放声高歌。左侧有一个巨大的电视屏幕，歌手以特写镜头出现在 12 万观众面前。因为他在背景中实在太小，于是所有的面孔都转向大屏幕看他。他自己明白了这一点，所以也转向大屏幕，面对着自己的影像歌唱。当然，由于拍摄角度的缘故，他在大屏幕上反成了侧影。看台上的观众只好将面孔再次转向血肉之

---

① 心理剧(psychodrame)：根据精神病人生活中的实际问题编写，由本人参加演出，使精神得到发泄而起治疗作用的戏剧。

② 蒙特伊克(Montjuich)，西班牙巴塞罗那市内的山丘，1992 年世界奥林匹克运动会的奥运村。

躯的歌手。没有人再去看大屏幕上的他。

这是福柯[①]眼中的委拉斯开兹[②]的《宫娥》的1992年版本。古典时期的目光游戏已经变成了(电视)视觉时代的目光越位。

应该在未来的大楼中预备一些凹室，里面装满炸药，并且精心分布，使得它们在规定的时间自动起爆，炸掉这些楼房(就像那些出生时就程序化的细胞，以便制造死亡)。

坚持一种毫不掩饰的相异性和一种无所顾忌的身份。

坚持一种毫不掩饰的身份和一种无所顾忌的

---

① 米歇尔·福柯(Michel Foucault，1926—1984)，法国哲学家、思想家和史学家。他对文学批评、哲学、历史学、科学史、批判教育学和知识社会学等有很大的影响。著有《疯癫与文明》、《知识考古学》及《词与物》等。

② 委拉斯开兹(Diego Vélasquez，1599—1660)，西班牙画家。作品有《火神的锻铁工场》、《镜前的维纳斯》、《宫娥》、《腓力四世肖像》等。

相异性。

整个政治阶层都被污染血液[①]的历史所感染。病毒在权力的上层建筑中比在受害者的身体内流动得要快得多。腐败和各种丑闻说到底对政治阶层都不会产生什么后果，因为政治阶层对现实社会已经产生了免疫。但是这次丑闻非常特殊，因为它穿透了将政治社会与民众社会分隔开的那堵墙，从不可见的传染出发而制造事件——病毒事件。如今不再存在能够制造事件的社会暴力。

"他怎么能够描述这样的憎恶呢？他怎样做才能不被他所描述的憎恶的重量压垮呢？"

---

① 这里影射法国医院输血污染事件。20世纪80年代初，法国一些医院给血友病人输了受艾滋病毒污染的血浆，导致这批患者感染上艾滋病。1991年，新闻媒体揭露了这一事件，这成为法国医学界和政界的一个丑闻，法国前总理法比尤斯也因此受到法院传讯。

要我说，这就需要一种惊人的灵魂力量——或是一种特别的懦弱。无论如何，必须非常可恶才能承担这种憎恶。必须与邪恶有所瓜葛才能够谈论邪恶。只有将灵魂出卖给了魔鬼才能够谈论魔鬼（当然也才能够谈论灵魂）。

有一种道德准则，某种恐怖主义的迷信，它否定你谈论事情的权利，你不得谈论任何与你无关的话题——如果你不是共产党员，就无权谈论共产党；如果你不是分析医生或分析者，就无权谈论精神分析法。

因此便产生了同样可怕的结果：如果说你能如此透彻地分析这个体系，那是因为你是这个体系的同谋。申诉中永恒的剪刀差——欺骗或腐败："你在谈论诱惑，你自己就是个引诱者"，或者"你在谈论诱惑，而你却对此一无所知"。"你是你对象的同谋"，或者"你不知道你在谈论什么"。

事实上，是什么和谈论什么根本不是一回事。最好的例子就是死亡的例子：必须活着才能谈论死亡。这一条对任何事情都适用，对政治、对经济、对艺术都适用——必须是某事的局外人才会以奇怪的[①]方式谈论某事，即以特殊的方式谈论此事。必须是男人才能谈论女性。所有谈论“经验”的人们都以一种常规的方法在谈论——讲述自己的生活。

事实上，必须决然成为人们所谈论的东西的同谋，同时又要完全处于局外。必须去爱它，必须去恨它。必须成为那个东西的对象，必须成为它的完全对立面。这就是好客的法则，也是敌对的法则。

贱民对抗精英。

那些拥有话语特权的人们同样也有说“不”的特权，以此来表达他们的批评意识，而那些沉默的大多数人注定要说“是”，以此来表达他们的共识和服从。这一次，在关于欧盟的全民公决中，倒是傻子们说了“不”。就这么一次，整个政界和新闻界，

① “局外人”在法语中为“étranger”，有“外国人”、“局外人”的意思，而“奇怪的”一词原文为“étrange”，这两个词在法语中为同一词源，而且词形和发音都相近。这是作者所做的文字游戏。

整个文化界和精英阶层，都异口同声地说了“是”。它们是否已经失去了批评的特权？还是应该这么想，即群众中表现出一种跨政治的智慧，它远远要胜过知识阶层的批评智慧？这个公决结果成了轰动事件，因为它揭示出一点，即起作用的不是左派或右派的政治划分，而是一种更深层次上的区别——僧侣与克隆体的区别，精英与贱民的区别。

人们热衷于展示，反对票在政治上等于零，虚弱无力。也许吧，但是正因为这种政治自身的虚弱与无效，反对票则以它的相反效果构成了一个非凡的跨政治行为。

政治不再是**历史**的一个妙语。**历史**也不再是我们行动的妙语。如今所玩弄的这种政治，它只不过是对**历史**和**历史理性**（在谈到欧洲时总是要援引这种理性）的一种要挟。在这个意义上说，反对票是对政治要挟的一种否定，是对“欧洲”政治知识界那些狂妄自大的一种否定，这种狂妄事先就得到群众（蠢牛）那被动的随大流意识的袒护。如果没有这种蔑视性的自信，即人民总是会跟在精英后面亦步亦趋,这种全民公决就永远也不会发起。然而正是在这一点上,政客们对群众愚蠢的轻信,要远远超过群众对政客智慧的轻信。正是在这种功能故障中,在这种对任何代表体系的失信中,意想不到的痉挛才会发生,而痉挛的动力绝对不是政治觉悟的提高,而是在绝对的冷漠背景下一种跨政治的精神发泄形式。

或者说是一种政治无意识的形式,它可以重新找到否定的道路(弗洛伊德否认这一点,他认为**无意识**是不会说“不”的)。正因为如此,向傻瓜们发出的最后通牒最终又返回到发出通牒的那些人那里。这个不可预见的“不”的威力起到了病毒的效果,在政治阶层的所有血液循环系统中产生了白血病溶解性病毒。在看上去像事件的所有事件的空虚中,这便是其中之一。这并不是说这种事件扰乱了事物的进程,因为欧洲问题已经成为过去,而是说这是第一个不可预见的事件,它来自民意测验与数字统计的深处,见证着一个完全分裂的社会。这倒不是政治上的分裂,而是在象征性地行使话语和权力过程中的分裂。第一次出现对政治幻想的盲目否定，对道德的与政治的**理性**的否认，而这种理性这次也以全体一致的形式聚集在媒体、知识界与文化界的窝棚中。这个从古到今掌握着启蒙运动垄断特权的社会等级，他们在这种盲目的否认中当然只能看到一种蠢人的串通联盟，必须想尽所有办法将其打破：对他们在别处作出批判的神圣同盟进行要挟，在媒体上诅咒、谩骂、进行毒害，最后还有对全民选举的蔑视，对自己的原则作出的否定（丹麦人的“不”被视作无效，等于没有表决——更不用说 1993 年阿尔及利亚被作废的选举①了）。这便是学习人权的艰巨工作，人们也可以通过无条件的流放来学习人权。民主的独裁正在走向康庄大道。

① 1993 年，阿尔及利亚立法选举，持激进立场的政党获胜。西方各国一片哗然，通过各种方式进行干预，包括以武装力量进行镇压，最后阿尔及利亚政府宣布这次选举无效。

欧洲——现代事件的经典类型，真空中的幻象。它不可能出现在脑海中，也不能出现在梦境中，更不可能出现在任何人的自然灵感中。它只能出现在政治意志的梦游空间里，出现在各种档案、演讲、计算和研讨会中——出现在对民意的人为综合中，即严格引导和控制下的普选，普选依照的是领导人和专家们那狡猾的理想主义。

这有点像一个拟真模型，在空旷的沙漠中，模拟摩羯星一号到火星探险：欧洲好比一个虚拟的现实，像数字结合体那样穿串而成。这也许就是民主的完美阶段。

精神分析学想让梦境成为对前一夜欲望的实现。然而让前一夜成为对梦中欲望的实现该有多好。因为某个自由而飘浮的幻想的运动，将比处于监视下的现实的运动更为丰富多彩。

不再需要思考。只需当条好狗。蜗居于自己的脑袋里，就像小狗蜷缩在它的窝里。

淋巴体质者的特征是在事情开始之前就觉得很累，当事情结束时却精力充沛。

懦夫的特征就是看到自己与身体接触时，他的灵魂就会萎缩。

精神虚弱者的特征就是看到自己与词语接触时，他的思想就会萎缩。

烦恼是过滤式病毒的一个巧妙形式，是一种化石般信号音的巧妙形式，这种声音不知不觉地穿过持续时间的物质，而且并不破坏这个物质。烦恼的微小粒子，如同中微子，穿过时间段却不留下丝毫痕迹。没有任何关于烦恼的鲜活记忆。这就是为什么它可以与各种活动叠加在一起，甚至与充满激情的活动叠加，因为它就生活在万物的间隙中。

女子脸上的伤疤为她增添了无比的魅力。动物的吸引力也一样,它满可以给自己制造这种伤疤(卡内蒂)。

我们所要做的,就是在写作中将自己从思想中解脱出来,而不对思想承担责任——将语言从它的目的中解脱出来,将概念从它的意义中解脱出来——将世界从现实中解脱出来,这个现实是一个更大的幻想。

最糟糕的事是有人掠夺你的思想,人家把你当作一件无主物。

宁愿成为贝壳放逐[①]的牺牲品，也不愿自行成为一个牡蛎壳。

在一场报告会中，唯一直率的成功就是将问题踢回给听众："It's your problem!"[②]没有比颠倒角色更令人发笑的东西了。

没有必要指责政治阶层。它实行的是自行毁灭政策。我们所要做的，就是实施一种严厉的不救助对策，不救助处于危险中的任何人。

"解放"的东柏林向西方出口它的性混乱，这个

① 贝壳放逐(ostracisme)，古希腊的一种流放制度。由公民投票判决是否将某人放逐十年，投票时把被放逐者的名字写在贝壳上，过半数则执行流放，期满后恢复公民权。

② 英语，意为："这是你的问题！"

行业在独裁制度的庇护下方兴未艾。同时还以野鸡卖淫队伍的形式出口艾滋病。而西方反过来则向东方出口色情立体影像，即性的图像和拟像行为，这是东欧人长期饥渴难忍而不得的东西。那里转口的应该是精神艾滋病。在耻辱墙倒塌后，两种文化就这样相互感染着。

人工智能势必产生一批人工知识分子（Intelligentsia Artificielle），一个智力上正确、遗传上免疫的专家团体，一个围绕着智慧数码数据和对密码进行数字控制的团体。

人们以可靠的来源告诉我们：根据所有通讯社的数据，今天早上的太阳没有升起。现在是十点十五分，预计在七点三十分（太阳时间）升起的太阳到现在还没有出现。这个闻所未闻的迟到现象并不是因为日食。那难道是因为地球自转的速度减缓了吗?被咨询的学者无一能够给出任何解释。我们将时不时地告知你们任何新的消息,尤其是关于太阳可能升起的消息,它不久将会升起,我们希望如此。

我们的特约记者中有一位向我们做了一个假想:这不是地球自转速度减缓了,而是光线的传播速度放慢了。如果光线速度在夜间有了明显的放慢,那么白天就不会到来。如果光线的速度越来越慢,那么长长的黑夜将会笼罩大地,这就是这个放慢的光线要达到白昼所需的时间。光速的逐渐放慢将我们带向终结,或至少要对传统意义上的太阳重新定义。

每个女人在她的前世中大概都有一个男佣,一个丑角,一位知识分子,一位主持人,一个灯匠,一位丈量员,等等。况且这也许是同一个男人,是连续不停地灵魂转世而经历不同生活的那个男人。因为对每个男人来说,也许他也曾经做过丑角、农奴、男佣、屠夫、灯匠、机场调度员……

她吮吸着过往的词语——似乎一直处于口交状态中，与她所说出的词语进行口交。

最终有了一种颇有特色的人道主义创新举措：一个支持委员会，支持被塞尔维亚人强奸的波斯尼亚妇女们人工流产。甚至那些反对人工流产的斗士们也将被迫同意这一行动。就连教皇（尽管他反对从事危险差使的女教徒使用避孕制品）也不反对。然而，就在这时，模糊性不会到此为止。因为说到底，这种“治疗性”流产完全可以走向变相的种族净化。

在一家咖啡馆的露台上，有个陌生人质问说：“我说先生，你是否为了有人爱你而等到死？”言下之意便是：你什么时候才能做为了有人爱你而该做的事情？另一个弦外之音就是：人家根本就不爱你。赶紧去死吧，这是你最后一次机会。

此外这个问题还意味着：我应该被人爱，不管是哪种方式，这也是一种宣布爱情的方式。

神经质的宣泄或色情的精神发泄，在任何被话语或文字禁锢的地方：图书馆，研讨会，圆桌会议，考试。一旦文化的话语响起，我真想爬上窗帘，坐在大吊灯上晃荡。

如果说愚蠢的讲话可以留下一堆物质垃圾，那么普遍的愚蠢又何其昭然若揭！

在里斯本的北面：决斗正在一条修建中的高速公路和一条恐龙通道之间展开。一边是九千万年的通道，另一边则是今天的道路，今天的道路显然不会存在如此之久——化石的高速公路会是怎样的呢？恐龙们获得胜利：高速公路绕道而行。从前，任凭群犬乱吠，商队依然前进[①]。如今，任凭化石乱吠，商队不再前进。恐龙的遗迹在我们的记忆中乱吠。如果它们还活着，我们有可能将它们杀绝，然而我们尊重它们的遗迹。对于人类种群也是如此：我们越是将人类逼到灭绝的边缘，就越是精心地保护人类的遗址。

在普通暴行的专栏里：黑手党在黑市上向莫斯科共产党人的女儿们倒卖国外旅行证券，那是发给切尔诺贝利核电站事故中遭受辐射的儿童们的证券。

相反，在“威尼斯双年展”的一场艺术表演中，

---

① 出自一句法国谚语：“Les chiens hurlent, la caravane passe.”意为不管别人多么嫉妒，事业照样开展。

一群蚂蚁被逮来进行表演。在动物保护协会的控诉下，司法部门以公文形式让蚂蚁重获自由。

今年冬天很少下雪。没有雪，这些滑雪场只不过是某个古老体育崇拜的幽灵城市，这种崇拜可以追溯到冰川时期。你也可以想象，在海水退去后，海滨浴场将会是什么样子。

因此，人们用人造雪铺设雪道，以便给休闲的拟像提供一点真实的基础。这么一来，真的雪似乎也已经有了某种人造的味道，它再也没有那种自发的非真实的面貌，尽管那曾经是白雪的诗意所在。白雪的人为运用迟早都会与人造雪相当。人们甚至可以设想由卫星执行的一场白雪轰炸，或者设想一台自动铺雪机：你将在自己的雪毯上滑行，雪毯将在你身后自行消失，就像是一盘磁带。这难道不就是我们真实时间的形象，不就是我们虚拟现实的形象吗？——编程的一个简短时空片段，在这个时空中，进行着准时到来的表演。

所有这些冬季旅游产业产生的二氧化碳都促使大气层变暖，带来了一个个暖冬，造成了雪的缺失，也给旅游的人们带来了失望。然而，也正是有了这些产业，人们才看到他们的生活水平不断提高，才有机会去体验冬季体育活动。

讽刺的顶点：同样还是这些度假的人，虽然在滑雪地没有雪，却在回程中被雪堆堵在了路上。

一次恐怖活动，就像坠毁在苏格兰的波音飞机那样，引发一个无法解决的两难命题。人们或者强调恐怖分子的战斗力，并由此夸大恐怖分子的形象，或者把这个事件归咎于偶然事故或者机械故障——然而这种解决方法或许会带来更大的灾难性，因为这等于承认系统本身所具有的缺陷故障，从此以后，每次事故都将具有恐怖主义活动的架势。

在日常生活中，在我们与他人之间，尤其是在亲近的人之间，编织着一张可预见性的网。这可以是一张温柔的网，或是一张仇恨的网，我们都受到这张网的束缚而不能自由。我们自己也将这些人圈定在同样的束缚想象中，将他们指定在不久的将来的某个住处。我们被定位于某个地方，要想消失是很困难的。最高明的办法，就是秘密地待在家里，而所有的人都以为你在别处，或者与纯粹的偶然串通一气而进入画面之外。你能看到别人而别人看不见你，这有多妙。更绝的是在镜里看自己却看不到自己。

“脱离视线”是一场警匪的真实秀。在追捕的强烈愿望之外，在围捕和告发之外，这个节目呈现了一个事实：人们无论在道义上还是在民事上都无权消失。然而节目的成功无疑来自千百万并不存在的人的幻觉，其希望就是让人们能够重新相互找到，而且就在一个节目播出的时间内挖掘出他们的无价值。

记忆的漏洞同时越来越多，我叫不出那些名字，忘记了那些面容。相反，一阵阵相似的风向我吹来，每张遇到的面孔开始与另一张脸相像，或和数张脸相像。这一切肯定都是联系在一起的，但是却看不出是怎么回事(另一种缺陷)。

在拉兹海角，于夏日的一天站在岩石高地上，面对着亡灵湾[①]，游荡的游客们隔着远远的距离一队队往前走，恰如海难者幽灵的现代配角。

物质的宇宙演变似乎已经从波动阶段(大爆炸

---

① 拉兹海角(pointe du Raz)和亡灵湾(Baie des Trépassés)皆为法国布列塔尼地名。那里终年海风呼啸，令人毛骨悚然，故此得名。

后的第一阶段)过渡到了气体阶段,然后过渡到液体和固体阶段。我们的社会力学、群众[①]力学,似乎正在从固体(我们对质量的原始想象就是固体的想象,致密的和惯性的想象)变成液体(潮流和水网的质量,是一种流体的、黏稠的、漂浮的质量),然后变成气态(更高稀释度的质量,一种抓不住的物质,零散的物质,密度无限小的物质,但它仍然是构成社会物质的基本要素,就像零散和气态的质量,它构成了宇宙物质的基本要素),最后又回归到纯粹波动阶段,这时就连质量的概念也化为乌有了。简而言之,质量的社会概念可以说作了重新确定——从固体力学走向波动力学,从物质走向完全的非物质,这是宇宙物质的相反道路。

同语反复和广告式的恫吓:“100%的六合彩中

---

① “群众”一词的法语为“masses”,即“masse”的复数形式,而这个词单数时则指物质的“质量”。这里又是作者做的文字游戏。

彩者都尝试过他们的运气!”这句口号立刻被人从相反的方向进行了阐释,顺应着人们的愿意:“100%的尝试过运气的人都中了彩!”(当有人就这条广告询问他们时,他们还是觉得这有些过分。这无疑与选举有些相像,100%的赞成票是一个值得怀疑的结果。)

计策是一目了然的。如果你为了说服人们而对他们说,“如果你想中彩,就要试试你的运气”,那就会不战而败。任何有逻辑和附带条件的建议将没有任何机会。相反,通过颠倒陈述的顺序,陈述变成了无条件的话语(中彩,就是试试运气),你就开创了一种循环展示法,这种方法越是空无意义,人们的欲望就越发不可收。

作为逻辑学最通俗的表达方式,同语反复总是最强有力的论据。它就如同对称性那样,博取了众人的欢心,因为它是秩序的最为可怜又最为可见的形式。当对称性与同语反复相遇时,就形成了一种直观的方程：A 就是 A，0＝0。因此它们的暗示也是即时的和全面的。这两者各自相互反射，充当着完美现实的镜像。因此就有了这么个事实，即同语反复具有预言性，而绝大多数预言都是同语反复。广告修辞本身就具有同语反复的本质。也因此有了腹语者（愚比的畸肚脐[①]与自己相互呼应）形成的一种家庭风尚，还有精于心算和拥有编年史记忆的杰出孤独症患者：大家知道他们没有时间进行计算，结果将显示在他们的精神屏幕上（此外这是相互的，电脑也像患孤独症的机器在运转）。

恩斯特·荣格[②]的主人公，即总动员中的那个英雄，他是个劳动者。我们的主人公则是废除总动员的英雄：失业者。最近，当一位无名失业汉自焚

① 愚比（Ubu），雅里的剧本《愚比王》中的虚构人物，其肚脐是一个以螺旋形线条构成的图符，称作"畸肚脐符"（gidouille）。

② 恩斯特·荣格（Ernst Jünger，1895—1998），德国作家，出版有大量战争日记、散文、小说等。代表作有《钢铁的暴风雨》（*In Stahlgewittern*）、《在大理石悬崖上》（*Auf den Marmorklippen*）等。

而亡时，他的骨灰应该被埋在大拱门[①]下，以便与凯旋门下掩埋的无名烈士的骨灰相对称。但用什么东西充当长明火[②]呢——看来也只有用他自焚的火来代替了。

此外，还应该为各类无名人士到处竖立纪念碑：无名脱衣舞女，无名电视观众，无名机场调度员，无名醉酒者，不一而足。

葬身于火海的失业汉；被国家宪兵特勤队[③]火化的讷伊市[④]恐怖分子；自杀的贝雷戈瓦[⑤]；还有法

---

① 大拱门（La Grande Arche），法国巴黎西面拉德芳斯新区的一幢建筑，位于凯旋门的延长轴线上，远看像一个大拱门，故称“大拱门”，也称“大凯旋门”。其实这是一座40多层的拱门式大楼，法国政府的生态、持续发展和能源部的部分机构在此办公。

② 巴黎凯旋门下设置了一根长明火炬，以纪念为法国献身的先烈。

③ 即法国国家宪兵特勤队（GIGN，Groupe d'intervention de la gendarmerie nationale），隶属于法国国家宪兵安全与特勤集团，专门执行反恐任务以及人质营救。

④ 讷伊市（Neuilly），应指上塞纳省的讷伊市（Neuilly-sur-Seine）。1993年，这里的一所小学曾发生过人质劫持事件。

⑤ 贝雷戈瓦（Pierre Bérégovoy，1925—1993），法国社会党政治家，1992—1993年出任法国总理。因被指控犯有贪污罪，于1993年5月1日在涅夫勒省讷韦尔市（Nièvre）饮弹自杀。

比尤斯[①],要求他人将自己烧死,未遂;密特朗自己在不知不觉中死去。这些日子,是关于死亡的丰富而又多样的成套展览。

大自然是仁慈的:当冲动减弱时,它便用强制加以弥补。当感情冲动衰竭时,它便用排斥取而代之。当激情渐渐褪去时,它便用同情加以弥补。

与其他任何功能相比,交流功能更接近于肛门功能。不仅仅是因为它能够吸收已分化物,排出未分化物——信息的粪便物质——而且也因为有了它,关系场就像括约肌那样随意扩展与收缩。交流的过度相当于括约肌的崩溃。

① 法比尤斯(Laurent Fabius,1946—),法国社会党政治家,曾任法国总理及国民议会议长。2012 年 5 月被任命为法国外交部长。

语言的凝练:“严厉”(inexorable)这个词本身就很严厉。在物质上,在生理上,在语音上都是这样——它通过元音的彩虹,向我们描绘了一条无情的曲线,从顶峰直落谷底——每个音节不需呼唤便自行分离——直到X的交错配列法[①],即尖锐的鼻音和清脆的擦音之间的配列。

不管是什么材料,都应该有一种诗意的解答方法,它包含并且容纳着某个有限整体中的若干碎片——只需寻找能够组织微小细节的可逆性的规则,如同在诗歌中一样——所有碎片中的变形影像及改变字母顺序[②]的文字游戏——就像是没有任何残留物。一切都应该找到它的位置,一切都应该找到它的结局。

---

① 交错配列法(chiasme),法语中的一种修辞方式,如:Il faut manger pour vivre et non pas vivre pour manger(吃饭是为了生存,而生存不是为了吃饭).

② 改变字母顺序(anagramme),法语中的一种修辞手段,例如将“gare”(火车站)字母顺序改一下,变成“rage”(狂犬病)等。

所谓工作从来就不是堆砌一些有逻辑联系的数据,而是从一个任意的整体出发,并且指出,就是这个原样的整体,那也是最好的整体。就像这个世界,但并不意味着“可能的世界中最好的世界”——因为不存在可能的世界,只有这个世界。原样的这个世界,它就是最好的世界,就好像象棋中的规则总是最正确的那样。恰恰因为这些规则是任意的,所以就不存在对其最佳运转的任何限制。思维的游戏规则属于同一范畴(因而在形式上与现实的所有运转规则形成决然的对立)。

对于书写,就如对于其他事物一样:必须让笔画比其影子出来得更快。这是一种条件反射性行为,在开始前便已经结束。而且还不留下痕迹(当它成功的时候)。因为从某种意义上说,正是物体在从事工作。因为众多事物自身就能找到它们之间的有机关联。然而必须有一个对等物,它能平衡这种自动书写和不须努力的连贯,因为自动书写能实现那些显而易见的东西——对等物是过渡到一个越来越艰难的行动的通道。所谓书写与说话的经验可以让说和写熟能生巧，这是压根不可信的。这种经验只能使说写行为越来越令人焦虑。

冷漠的异端立场。社会意义上的冷漠，与其参照或后果毫不相干的概念的冷漠，无意义事件或与其历史性不相干的事件的冷漠，任意某个事业的思想的冷漠。只有言语行为不是冷漠的，也只有语言不让人冷漠。

梦境。整棵的大树、树根、树干横向地穿过天空，它们被扭曲在静止风的空气流动中。气流从天空奔泻而下，如同一条江河的水流，将树枝撕碎，树枝像沉船的残骸随波漂流。大树时而被拦腰折断，时而被连根拔起，好像是从龙卷风中侥幸逃脱的幸存者。所有人都见证了这一现象，但是却无人真正感到惊奇。

如果说左派垮台了,而且垮得超过到了真正的没落,那并不是因为它不适应于政权,或是犯下什么致命的错误(它只是十分不幸地积累了一些普通的错误),而是因为它没能承担起社会肌体的冷漠和惯性,尽管它有先进的历史除钙技术。从某种意义上说,这几乎是它的荣幸,它的坠落不是因为放弃了理想,反倒是因为没能学会彻底地摆脱理想。

而右派呢,它自然而然地将自己等同为社会肌体的死灵魂,等同为钟情于政治的深厚感情。在这个意义上,它的政治性远远不及它的跨政治性,也就是说它站在一个政治上被废除的社会的最小公分母上。正是它在采摘这种废除的果实。但是它也同样没有政治前途。这么说来,无论是左派的变节还是右派的变节,其实都是一回事。

最令人愤慨的不平等是死亡年龄的不平等，也就是退休年限的不平等。有些人可以享受二十年的退休待遇，而另一些人则根本活不到退休年龄。从国家收入合理再分配的角度来看，难道不应该在合适的时候给每个人进行一次预期寿命检查么？不应该根据预想的长寿机遇给每个人建立一本退休登记簿么？还要根据每个人死亡的提前时间（采用我们即将拥有的所有高超的技术手段）确定他办理退休的日期，并且要建立在让所有人都享受同样年限的退休的基础之上，这样便消除了这个民主社会中最大的不公平现象之一。

某个沉浸在爬行动物大脑中的蓝色胶质中的想法，它试图在幻想与现实之间寻找蜘蛛网的差别。

1993 年 5 月

Everything makes sense in the reverse. ①

一切反过来都有意义。

① 英语，意义同下面句子。

马克斯·恩斯特[1]画了一座花园。画作完成后，他发现他忘了画一棵树。于是，他立刻将花园里的那棵树砍掉。

多年的沉默之后，在忏悔中承认一起萦绕心头的盗窃行为，尽管没有偷什么大东西。由于他最终

① 马克斯·恩斯特(Max Ernst，1891—1976)，德国画家和雕塑家，超现实主义者，达达派艺术家。他的故乡布吕尔为他建设了一座博物馆，收藏有他的绘画、版画和雕塑作品。主要作品有《天使坠落》、《天兵》、《森林》及《雨后欧洲》等。

鼓足勇气坦白了这件事,因此他只受到普通的苦行惩罚。惩罚得这么轻,以至于他失去了信仰。

偷窃癖翻译的故事:所有的首饰、烛台,各种价值不菲的物品,都随着他翻译的进行而从文本中消失。

否定神学(Apophatique)——说的是这样一种神学,它从上帝不存在来认识上帝,而不是从上帝存在来肯定上帝。一种否定的神学。我们完全可以这样设想一种否定的历史,这个历史将从那些并没有发生的事件出发而展开。一种否定的阅读,在读一本书时,人们从并没有提出的问题出发来探讨书里的中心思想。

完美的罪行——绝对的幻觉——现实的过

度——**虚无的继续**:摇晃树枝的快乐,树枝上还勾挂着最后一批读者。

旅行、疾病、喜爱的性情或是沮丧的情绪:无论经历怎样的突变,同样的思想始终开辟着它的道路,就像从内部遥控着一样。想到这种思想可能会以同样的方法在任何不同的可能性中展现,这既令人害怕,又让人欣慰。

通过注射过时的和尚未进入流通渠道的媒介产品对神经元植物区系进行的毁灭。通过大量注射绝育的或人工储藏的概念产品,如官腔语言,通过大量播撒杀菌剂、抗真菌剂和抗遗觉剂(anti-éidétique)对智慧植物区系进行的毁灭。对语言植物区系的毁灭,如同肠道植物区系遭到破坏那样,引发了阵阵语言腹泻,一种转口的失调,某种诸如错语症(cacolalie)的东西,某种秽语狂症,必须对啪嗒学的大脑进行无数次冲洗才能阻止病情的发展。

自行车的起伏颠簸。确实,稍稍有些颠簸比笔直地往前会骑得更快,也更自在。自行车校验着空间的弯度,也校正着身体的弯度,这时的身体将开辟一条比线性道路更为直接的道路。

多亏有了梦,我们可以神奇地体验一种纯粹状态下的真实,体验着运动效果、激动效果和控制效果,而这些效果是真实本身无法产生的。

从一个知识碎片出发,或从一段文字记忆出发,梦境可以生成一种心理的敏锐,一种对他人及其思维方式的占卜,预知他人的思维远远高于我们从现实中所获得的知识。我记得曾经在梦中让其他人生活和说话,他们比现实中的人做得要精彩得多;我记得曾经有那么一个瞬间,我比我自己强多了——可以说能从内心思考问题。奇怪的支配能力，那些场景、那些面孔似乎都来自别处，却由我们来支配一切。这就像是狂人胡言，狂人奇迹般地说着这种陌生的语言，而且掌握起来不费吹灰之力。

人们通常认为，梦境是人的意识缺失时的一种变异过程。但是，难道就不存在一些过分的变异过程么？与自己身体和自身醒觉意识分离的人类生灵，他是否能产生出比自身更加智慧的效果呢？这正是我们希望计算机去做的事：计算机那神奇的性能，难道不正是来源于它与任何人类意识完全断开这个事实吗？

十五年后，在近乎偶然的一次请求下，我亲历了一门外语的复活过程。这门外语显然已经被人们遗忘，但它却自然而然地浮出水面，以其特有的表达式，因其精言妙语——梦的境地而已！十分不幸的是它就像埃及木乃伊：一旦出土，便迅速分解腐烂。

终于有一个非洲人在斯图加特登上了世界田径锦标赛的领奖台！非洲早该有权享受此种奖赏！难以置信的虚伪,而登上领奖台的大部分田径运动员其实都是黑人。然而由于奴隶制和殖民主义的恩惠,以体育大国自居而自鸣得意的通常都是美国、英国和法国——它们从高傲的顶峰感叹着那位矮小的纳米比亚人“非凡的”成就。

那些对愚蠢无比狂热的人,他们忘记了愚蠢既是一种疾病也是一种疫苗,只有接种了疫苗才能驱除这种疾病。又因为这种疾病具有异乎寻常的传染性,人们很难对它表现狂热又不落入它的陷阱之中。

对于第二种类型的愚蠢有一种专门的说法,这种愚蠢已经围绕自身完整地转了一圈,当它再次出现时得到大大加强,得到整个批评、讽刺和社交机制的加强,得到智慧以及文化的加强。

真正的同情就是耐心对待别人的痛苦。

公墓里，只有人造的花朵。而那些村庄，它们却被压垮在自然的鲜花下，就像昔日的公墓。村庄很像这些昔日的公墓，由于人畜稀少而显得特别荒凉；却又是鲜花遍地，在永久的植物盘绕下，变得干净整洁，就像一个治丧的租界。

我们生命的终结是一本崇高的书籍
人们无法随意地将其合上或是打开
人们想要保存那些自己喜欢的书页
但是最后一页已经在我们指间凋谢。

人们可以想象一种高清晰度民主（démocratie à

haute définition)。在这种清晰度中，每天都以实时的屏幕方式，就像天气预报那样，记录上人权的地形标示表，记录上整个星球上对人权的遵守与违犯，还有可能的即时惩罚(这显然会带来形势的不断恶化)。

在商业或文化领域中任何反美主义的愚蠢行为。似乎美国风尚如今不能渗透到每个社会、每个民族、每个个体中，有如现代化那样。

领军人物那小丑的面孔。

大白天，我们的一部分在不间断地睡觉。熟睡中，我们的一部分在不停地守视。因此人们可以在沉睡中拥有睡觉的渴望。在完全的生活中拥有生活的渴望。

阿连特茹[①]的红色树林的色情脱衣舞，树木脱去它们的表皮后就像剥了皮的动物。还有剩余在树干和树枝上的碎皮，就像光滑而带血的皮肤上的毛皮套。它们的美丽介于植物与动物之间，介于人类与矿物之间，光滑得像肌肉，鲜红得像黏膜或是珊瑚虫。

上帝是存在的，就像餐桌上的酒瓶架一样——因为杜尚[②]曾经遇见过他。

所有那些因相互遇见而认为自己存在的人，他们都把自己当作上帝或是酒瓶架。

---

① 阿连特茹(Alentejo)，葡萄牙中南部的一个大区。

② 杜尚(Marcel Duchamp, 1887—1968)，法国超现实主义画家。代表作有《下楼的裸女》、《泉》等。《酒瓶架》(*Porte-bouteilles*)创作于1914年，是杜尚的第一件现成作品(Ready-made)。

不确定的温柔总比显然的粗鲁要好得多。归根结底，温柔从来都是不确定的。最明显的信号，例如忠诚的信号，无论在哪种形象下，都可以从相反的角度进行诠释，因为这些信号也完全可以由不忠而产生，不忠甚至更加在行。

高贵的精力不能够被转化成粗俗的精力。你可以在日常的成就中耗尽气力，然而你不可能用尽这种高贵的精力。这个被诅咒的部分①，它将在你身上成为一种不受惩罚的罪行。

然而粗俗的精力，它也同样不能升华为高贵的精力，但是它应该找到一条出路。它也应该具有一个秘密的目的地（就像90％的无用基因一样）。说到底，也许正是这个粗俗的精力才是真正的被诅咒的部分。

---

① “被诅咒的部分”(la part maudite)，出自法国作家乔治·巴塔耶(Georges Bataille，1897—1962)的同名作品。

否认亲近之物的强迫症——家庭，孩子，国家，民族。似乎应该自我禁止这种给予你的东西——害怕需要偿还吗？要与亲人保持一种预防性距离，那首先要与自己保持距离，与自己的姓名、自己的身体、自己的面孔保持距离。

人们只有通过他人才能估量时光的飞逝，他人的面孔是一面镜子，一面比我们的形象更为公正和残酷的镜子。也许是因为我们只通过他人易变的外貌来辨认他人，而自己却从来也无法辨认自己。人们总是按照一个理想的面容来校正自己的形象，而现在的面容只不过是个例外，从来就不曾定型。

记忆的轴突(axone)被与支气管黏液相同的黏液堵塞着。记忆的减退随着肺功能的衰退而逐渐加重。

面对任何评论，即使面对好评也顿生焦虑，这源自对壁橱中的尸体那黑暗的意识，源自看到这些尸体突然出现，源自自己突然变成伪善者或杀人犯。

人们内心最秘密的东西的可笑与平庸，我们自己是最好的人还是最坏的人的可笑与平庸，我们为自己建起一堵防备的围墙，包括在文字中——如果这一切有朝一日被揭穿，我们将被彻底毁灭。

睡在一个女人身边，她睡着了，另一个女人向我示意，将我引向房间外面，走到过道里，然后到街上，在那里上演了一次十足的风流韵事，而那个熟睡的女人对此却毫不知晓。突然，房间的灯亮了，这表明她醒了，表明她知道我在那儿，就在她附近，和另一个女人在一起。这一切都在无声无息中进行。然而，我在外面相遇的那个女人其实就是睡在屋里的那个女人。在睡梦中，我知道她是谁。而醒来后，我却不知道了。

小家鼠在雨水中奔跑，在铁道岔道间奔跑，在来回穿梭的火车那世界末日般的嘈杂声中奔跑。人类种群是否在五千万年或一亿年之后，能够在这种荒唐而又充满死神的条件中存活下来？毫无疑问能行，因为他们仅仅在数千年里就成功地实现了这种面对死亡的转变。

正是在如今的工作中，人们耗费的精力最少，而在休闲中却耗费了最多的精力。因此缩短工作时间的目的，就是让人们在空余时间耗费他们的精力。卫生学的决定，以便让拄着拐杖的残疾人在健身活动中尽情发泄。

科巴卡巴纳[①]。到处是成千上万的身体。事实上,只有一个身体,一个巨大的分支的肉堆,所有性别混合于一体。唯一一个膨胀的和可耻的人类息肉,唯一一个机体,里面的所有人都有着共同的默契,如同精液流中的众多精子。城市与海岸的模糊不清从某种程度上说,直接将原初场景[②]带到了公共广场。性行为无时不在,但它并不是北欧色情意义上的性行为:它处在皮肤的拥挤中,存在于身体、嘴唇、臀部及腰身的混乱中——唯一的一个分形生灵,它分散在太阳的薄膜下。

这个人类的超级机体让人想起另一个巨大的有机个体,世界上最大的有机个体。它在加拿大,由45000棵欧洲山杨组成,它们盘根错节,全部参与着同一个大地的生活——整个森林就构成了唯一的一个植物生灵。所有这些巴西人的身体,以同

① 科巴卡巴纳(Copacabana),巴西里约热内卢市的富人区,那里有世界闻名的科巴卡巴纳海滩。

② 原初场景(scène primitive),精神分析学上指双亲在子女面前想象的或真实的性生活。

样的方法构成一种唯一的生灵，过着同样的生活，身上流着同样的体液，以同样的激情在躁动。对于这一纲目的生灵，它具有哪一种社会或政治地位呢？

从蒙特利尔的暴风雪到里约热内卢的三伏天：完美旅行的对角线。为抵御六个月的寒冬而设计出的地下城市，大街上麇集着赤裸的身体，还有疯狂的交通。从彬彬有礼和道貌岸然的舒适直到高烧而疯狂的混乱。从和睦相处与空调的空间到充满肉欲与炎热的空间。从充满宽容与多元文化的人类差别到充满暴力与放纵的动物残忍，应有尽有。

南半球和北半球的唯一共同点，就是人们看到的这一代人，在所有的纬度上，只见他们都在奔跑、慢跑、步行、飞翔，都在为他们的身体而万分担忧。这是**国际卫生新秩序**，是现代社会中压抑者和脱离肉体者的秩序，是**虚拟世界**中残疾人的新秩序——他们总是像脱离了轮椅的样子，结果是不消片刻就又回到轮椅上。这是**谋杀者们**的卫生。

移动通信的时髦:到处接听电话,在街上,在地铁里,在朋友家,通过便携的直线电话来进行。一种与"可笑的女才子"①及其扇子相称的工具。应该可以做得更好,更加时髦,更加友善:从今以后,我用不着叫清洁女工来我家打扫卫生,只要我去她家就行了。

不眠之夜的魅力,就是希望太阳不会在第二天升起。这种想法就是要延长夜晚,将时间当作纯粹的幻象来延长,就像在睡眠与梦幻中那样,却又不同时失去意识。

---

① "可笑的女才子"(Précieuses Ridicules),出自法国喜剧作家莫里哀(Molière, 1622—1673)的《可笑的女才子》(*Les Précieuses Ridicules*),也译作《矫揉造作》。该剧讽刺了自以为是的知识分子。

在巴拉德[1]心里，在《战争狂热》一书中，有一种《海湾战争从未发生》[2]的对应物。这就是第三次世界大战，它发生了，却没有人知道它已经发生。这两者都同样真实。

在航天飞机的一等舱内，夜间，此时已是2001年：僵硬的躯体排成长龙向着速度的方向倾斜（避免进入死亡的最佳阻力系数）。就像太空中的石棺，其主要功能将由计算机来调节，或者像瑞米耶

① 巴拉德（James Graham Ballard，1930—2009），英国科幻小说家，代表作《撞车》（*Crash*）曾被大卫·柯南伯格改编成电影，于1996年上映。《战争狂热》（*War Fever*）是巴拉德的一部短篇小说集，出版于1990年。

② 《海湾战争从未发生》（*La Guerre du Golfe n'a pas eu lieu*），波德里亚本人的著作，出版于1991年。

日的被割筋者[①]，或者像爱德华·霍普[②]画作中的卧躺者，他们身在横渡大西洋的客轮上，一个个平行地站在游廊中，窥视着世界的结束和一天的结束。

全世界绅士阶层的命运，就在世纪的第一个夜晚，那是马瑙斯[③]的新年前夜，那是一个让人永远铭记的夜晚。一艘大型客轮，载着全世界上流社会成员，他们受马瑙斯这座富裕城市的邀请，前去亚马孙河流的深处，参加一次前所未有的聚会。然而，这艘船在那个深夜偏离了航向，在茂密的森林和蜿蜒的河流中，带着满船的乘客驶向死亡。今天，我

---

① "瑞米耶日的被割筋者"(Enervés de Jumièges)，典出法国墨洛温王朝(公元5—8世纪)时期的一个传说：国王克洛维二世出发去朝圣，两个王子阴谋篡权，国王回来挫败了阴谋并准备处死他们，王后建议割断他们的腿筋，废掉他们谋反的能力。

② 爱德华·霍普(Edward Hopper，1882—1967)，美国著名画家，以描绘寂寥的美国当代生活风景闻名。代表作有《铁道旁的房屋》、《夜鹰》、《周日清晨》、《自动售货机》等。

③ 马瑙斯(Manaus)，巴西西北部城市，也是亚马孙河流域最大的城市。

们也梦想着有这样一个集体牺牲的神奇良机；在2000年，梦想着全世界精英们的末日，算是对发生在1900年的马瑙斯事件的回应。听说日本人已经在秘密建造一艘巨型客轮，其目的就是实现这个豪华的燔祭。

从粪便恋童癖电影（film copropédophile）到西藏会议，从生物美学展览到虚拟图像——人们在一周内要像蛇那样吞下多少东西！我们已经变成真正的食道族——甚至都没有时间品尝。所幸的是转口与排泄都是瞬间完成的。任何听觉的或是视觉的摄入，任何信息都有其内置的轻泻剂，有其与生俱来的落伍之处。

她在屏幕中的复体并不像她——紧张，封闭，毫不优雅，尽管她努力去诱惑人。在现实生活中，她不需要付出任何努力，她天生活泼，温顺，灵巧，爱耍点小聪明，喜欢动脑筋。她站在摄影台上也还是这样，在拍摄中也这样。然而银幕上的她根本就不是她。是不是摄影镜头抓取了另一个人？通常摄影机会对人物和面孔进行理想的塑造。就她的情况而言，也许因为她每一天都在自己身上优质地进行着这种自恋式的理想化工作，以至于摄影机只能对她进行扭曲。

对于这些概念，他不下定义，他不去分析，他不去评论，他只是谋杀它们(但罪行永远也不完美)。

就像人们将血洗净，然后再次注射到动脉系统中那样，人们在洗白现实，然后将它再次注入虚拟世界的网络中。

老的血友病伤口继续被感染。仇恨、禁止和排斥持续不停。人们从未停止过抱怨,就像离不开毒品一样,好像人们往静脉中注射一种液体,以阻止躯体的腐烂。动物的精灵照看着一个躯体,这不是一个处于腐烂状态的躯体,而是处于提前的保存状态的躯体,并且通过古老嫉妒心而获得免疫。

持反战态度,爱讲故事,淋浴时歌唱:这是一位乐天派的表现。

动物既生活在世界的幻象中,又生活于它们自己的生活中。即使它们为存活而互相角斗,它们也并不明白现实的原理。或许正是多亏了这种现实的计谋,我们才得以征服它们,驯化它们,或灭绝它们。但是这并没有什么值得骄傲的。

有人说,没有一丝智慧的光芒;然而也没有一点证据的影子。没有一丝希望的光芒,但是也没有任何机会的影子。影子和光芒似乎可以相互替换。况且,为什么不可以将它们颠倒过来呢?一点希望的影子,一丝失望的光芒?

无效的灵丹妙药
减轻的罪行情状
蛛网的细微差别
意志的克里纳门①

世界惯常的沉默与沙漠荒芜的沉默的差别,沙漠的沉默在任何地方都找不到等同物。这种沉默总是保留着某种动物的颤动,植物和大气的颤动——消失的声音的痕迹。

---

① 克里纳门(clinamen),源于伊壁鸠鲁的原子论,指不特定的产生于运动方向的微小偏差。

与消音技术的人工沉默的对比，就是感官内腔的沉默。消音属于自然沉默，正如交流属于言语那样。

分泌一种保护性的概念幻象，在它的保护之下，人们可以静静地滑向动态平衡。

现代人的理想就是能随心所欲地安排生活。而在现实中，生活都是不得已而为之。

升华：从固态到气态的直接过渡。圣劳伦斯河①水面上的冰冷的雾气。

---

① 圣劳伦斯河(Fleuve Saint-Laurent)，加拿大和美国的界河。发源于安大略湖，流经蒙特利尔、魁北克等城市，最终注入大西洋。

那个人一边跳进垃圾铲斗一边大高喊："我是一件垃圾！"人家把他拉了出来，他再次跳进去，并高喊着："我是一件垃圾！"他已经不会使用隐喻了。

几个弱智儿在圣伊梅隐修院[①]的花园里听着格里高利圣咏[②]。实际上他们什么也没听进去。他们就是等着弥撒结束，好看到某某男爵夫人坐着轮椅从这里经过。

画展开幕式是我们文化天地的电影片头的时空，正如洗白伎俩是我们政治天地的黑匣子那样。

---

① 圣伊梅隐修院（Prieuré Saint-Hymer），法国宗教圣地，位于法国诺曼底大区卡尔瓦多斯省（Calvados）的圣伊梅镇。

② 格里高利圣咏（Chant grégorien），一种单声部无伴奏的罗马天主教宗教音乐，得名于罗马教皇格里高利一世。

但愿概念滋生出其他协同的概念。然而条件是失去其纯洁、合法性与美德。它们必须只听从控制它们的思想,而不听从其字面的定义或其意义。胖矮人[①]:而我呢,对于这些词语,我想让它们说什么就让它们说什么。我倒要看看它们怎样地不听我使唤。

借助一只明亮的眼睛,一只因死亡而颇具洞察力的眼睛,在你的水晶棺材前观看你生命中的女人们一个个走过。先按时间顺序,然后打乱顺序,然后是裸体的状态,就像你从前认识她们时那样,年轻漂亮,激情洋溢,或者突然感到懊悔不已。这对一个男人来说正是他一生的梗概式总结,在那色情的垂危时刻,他将更加敏锐,觉得这些女人在其忧郁的面纱下还会相互嫉妒。我们总是可以做做

① 胖矮人(Humpty-Dumpty),英国传统童谣里的一个人物,形如鸡蛋,又矮又胖。这一形象出现在许多文学作品中,尤其是刘易斯·卡罗尔的《爱丽丝镜中奇遇记》。

梦的。

在金字塔的中心曾经有一个中央空间,那里闪耀着不朽的光辉。而在我们文明的中央却只有一个深洞,那里正在倾倒历史的垃圾桶。

人类的染色体也有其垃圾桶:90%的基因都是无用的,“自私的”。大自然是否也像我们变得疯狂的生产那样,继续在顺势生产着各种基因,生产着现在没有用且将来也没有任何用处的基因——充其量只会给想象提出一个无法解决的问题?

人们可以设想,计算机器将为未来的社会提供一种近亲繁殖的基础,这个基础是任何团体或任何夫妻相互结合所必需的条件。个体的每个单子(monade)都因沾上电脑而变得阴阳怪气,因与电脑自由地交媾而对怪诞激情的微弱愿望进行了自动避孕。

这种挥发性的和软绵绵的物质，它甚至无意识地将我们的身体保持在梦境的状态，或保持在半催眠的状态；这个阴影的部分，它保护我们抵御着透明和全面的警惕；这种睡眠的部分，它沉睡在我们身体中直到醒来，直到进入积极的生活：这种生命攸关的功能，如今已经被警惕的持久要求围捕着，而警惕则是为现实服务的条件反射。

安全与死亡的复杂情况。在魁北克，因为安全带的使用大大降低了交通事故的死亡率，所以移植手术和器官移植就很难找到器官源。

一对双胞胎，其中一个关在监狱中。

在一次探监时，一个兄弟取代了另一个兄弟的位置。原本坐牢的兄弟重新逍遥法外，而另一位兄弟只需请求释放，借口是他被迫代人受过。说得绝对一些，这事要办成根本就不需要进行替换——当其中一个走出监狱时，另一个总是可以鸣冤叫屈的。如果他们俩都被抓住，谁该回到监狱呢？

因为曾经有过黑的雇工，如今就有了黑的无业者（隐性失业者）。无业的黑市与劳工的黑市互相竞争。

在萨曼·拉什迪[①]的问题上，从某种意义上说，倒是西方人成了伊朗教令的执法者。他们用广告性牺牲代替了暴力性死亡，将死亡分解在商品的感情天地中，并且借助于一个受难知识分子的传奇形

① 萨曼·拉什迪（Salman Rushdie，1947— ），英国作家。他因著有引起争议的幻想小说《撒旦诗篇》而闻名。伊朗宗教领袖霍梅尼认为该书亵渎了伊斯兰先知穆罕默德和《古兰经》，因此，他发出了针对拉什迪的全球追杀令。

象。伊朗的策略就是让西方文化感染上恐惧症，让其表里不一并对自身文化产生怜悯。

对蜂王浆的恐惧，那些排泄废物的昆虫生活在我们生存的褶皱中，像螨虫一样蚕食着我们的碎屑。沃霍尔，他以等间隔的时间抢光这一切，像存放档案一样把它放进纸盒或胶囊里。

就像血友病患者无法阻止流血那样，我们这些符号友病患者（sémiophiles）则无法阻止意义的流动。

血液流出　符号流出（Sémiorrhagie）

血友病　　符号友病（Sémiophilie）①

---

① 这两组词都具有相同的词根或前缀：第一组为“-rrhagie”，意为“涌动”、“流动”，第二组为“-philie”，意为“亲”、“友”；“Hémo-”是一个表示与“血”有关的前缀，“Sémio-”表示与“符号”有关。在这两组词中，“H”开头的都是已然存在的词，“Hémorrhagie”表示“血液流出”，“Hémophilie”意为“血友病”；而以“S”开头的两个词，都是作者自创的词。

就像对输血者来说总有感染艾滋病毒的危险那样,对输语言者来说也有感染意义病毒的危险。

这只雄性鞘翅目昆虫还未出生便已经死亡,因为它生来只是为了孕育雌虫,在雌虫的腹腔内孕育雌虫——然后未见天日就悄然死去。

无论哪种人与人的接触都是成问题的——约会、采访、晚宴、相见等。以任何的借口进行垫牌的轻松感。社会游戏就是由所有这些保持距离的技术构成的。

依照我们的文化那无法呼吸的背景,我已经损失了三分之一的呼吸系数。当时间的空气变得无法呼吸时,是否更值得完美地呼吸呢?

况且,如果所有的呼吸都降低三分之一,二氧化碳污染和温室效应等问题将自行得到解决。

不久后我们无论如何都要长出鱼鳃来，以便能在这气体的不透明和鱼缸的透明中存活下来。必须变成鱼类或水生爬行动物。

刚刚在北美爆发的寒潮很像源自罪恶。

刚刚在日本东海岸爆发的地震可能也是源自罪恶（这也是1923年地震时东京多数人的想法，这也是他们为什么就地屠杀成千上万朝鲜人的缘故）。什么时候才能停止犯罪、阴谋诡计和恐怖主义？什么时候才能开始自然力量的客观恐怖主义？

根据定义，“有用”都会有个对象，而“无用”则没有对象。然而知道下面这一点难道不是至关重要的？一件物品对什么东西无用？90％非专用的基因对什么东西无用？我本人又特别对什么东西无用？

通过计算机让我节约时间的任何企图都是罪恶的。让我赢得时间，而我自己都不知道拿时间干什么用(这也许正是我有点用处的地方，即拯救那些濒临灭绝的闲人种群)。归根到底，时间与空间一样，自然都是无用的，赢得的时间与流出的血液一样严重。

在电影里，C. M. 先生让他的儿子扮演童年的他。是否可以想象让他的父亲提前扮演老年的他呢？但是最好小心一点，别让他来表演你自己的死亡。

存在一种唯一的结束方式，那就是吞下雨伞，同时也要有把雨伞撑开的可能性。死亡的形象和僵尸的形象。

然而也存在两种从结束中重获自由的方法。要么不走到可能性的尽头(即使下雨也不撑伞),要么超越这些可能性进入无限的领域(例如即使不下雨也撑着伞)。剩下的问题就是要知道,人们是否可以超越可能性而走到其尽头。也就是说能否不经过死亡而成为不朽者。

然而在结束之外,我们不知道将会发生什么。雨伞之谜仍然扑朔迷离。

轻而易举的成就,只有吝啬的欢笑。①

无序和事件的零度。一种完全平衡的惊叹点。所有情感都整齐地排列在灵魂的虚空里。所有的

---

① 此句法语原文为"Sans coup férir, sans beaucoup faire rire",前后两部分发音非常相似,本意是"不费气力的成功就引不起多少笑声"。也可用同音字重组句子为"Cent coups férir, cent beaux coups faire rire",意思便成了"打击一百下,漂亮的一百下让人笑起来"。此处是文字游戏。

功能都整齐地排列在身体的虚空里。在自己周围是身体的寂静和世界的静止。我们可以梦想给生活这种剪影,将生活改造成众多无意义细节的一个总和。然而总有一个细节会不停地体现出一种过分的价值,让所有的努力化为乌有。

社会主义曾经设想过与**历史**缔结合法的婚姻关系。因为他从来没有诱惑过历史,以为可以从人道的角度将历史据为己有。刚刚上了婚床,他就变成一个永久的绿帽子丈夫。应该说在他之前,历史已经以无数的方式卖过身,剩下的只有享受一个腐败历史的剩菜余羹,享用一个已经消失的历史的幽灵。据最新消息,她在本世纪末已经被人劫持,而且没有人愿意为她支付赎金。①

---

① 从法语名词的阴阳性来看,社会主义(le socialisme)是阳性名词,而历史(l'histoire)是阴性名词,作者在文中隐喻"社会主义"是丈夫,"历史"是妻子。所以本段的人称代词"il"和"elle"分别译为"他"和"她"而非"它",以体现原文的幽默。

法国社会党从一次必要的、拯救性的解散中死里逃生。但这次解散最终会让它倒霉透顶，这就是其中某位党员那象征性的自杀，即可怜的贝雷戈瓦，他把自己给解散了。但是生者的牺牲无济于事，因为社会党很久以来就已经被一个死人——密特朗——典押了，他一个人就全部吸收了党的全部物质。

在最近一段时间，社会党能引以为荣的唯一行为也许只有这个自动解散了。这种自我毁灭的刑罚，这种主动的自杀，社会党是做不到的，但贝雷戈瓦以死后追认的方式为它做到了。他就这样惩罚着左派的溃败，但同时又在为左派洗刷开脱，左派在利用这一事件时一点也不感到尴尬。但是他给社会党和普遍政界（政治的职业是一个崇高的职业，因为有可能为之付出生命）的礼物是有毒的，因为它强调了一些人的懦弱和贫困，他们屈服于同样的无能,也同样威信扫地,也就是说同样有消失的理由,却尽量避免这么做。

权力的行使总会带来死亡的冒险:在政治之外,就是象征游戏的规则。这是为了让公众生活不至于落入全面的冷漠而必须付出的代价。从这个意义上说,贝雷戈瓦的自杀是很久以来唯一的政治举动。然而可以这么想,政治阶级不会从中吸取任何值得称颂的教训——也就是说,在某些极端的情况下,唯一真实的行为就是自杀的行为,解散与消失的行为,无论采取什么方式——相反,政治阶级会以祝福的方式试图诋毁这种死亡。

此外,这种死亡也昭示着对腐败进行所谓的司法打击,是司法打击作出的秘密回应,这与党团为自己洗刷罪责的观点完全一致。问题在这里:党团,尤其是最近时期的左派,它在豁免权和不受惩罚权中苦苦等候。由于在失重状态中离社会肌体越来越遥远,它在代表制的另一端彻底坍塌,在群众的远距离缺失(télé-absence)中,在一种变得致命的豁免权中一命呜呼,面对着变成了具有自我免疫力的电视公民(télécitoyen)。绝对的紧迫命令就是采用所有的方式来取消这种不受惩罚权,包括通过揭露丑闻进行控诉,使真相大白(目前是很有限的真相),使党团有机会走出它的封闭圈,重新连接上脐带。这对它而言是一个生死存亡的问题。然而它自己是不能废除它那些特权的(正如我们所看到的,它只能集体式地自我宽恕)。于是它便指派法官们做这项工作。它利用司法界为其豁免权洗刷开脱,通过将腐败推上前台为腐败退税,以此为自己的闭关自守挽回声誉,最终变得弱不禁风,脆弱无比,这下子也就彻底开放,可以接近了。

如果设想在我们的体制里,党团与司法界将进入真实的冲突状态,那可是一个巨大的幻想。这一切只不过是一个阶层内部同谋的分工而已,它对自己进行着清洗的拟像——以顺势疗法的剂量动摇自己,以便更好地让自己恢复到稳定状态——从长期来看,这样做不会有很大的存活机会。

两个极端:土著人和西方人在澳大利亚这块土地上挤压着擦肩而过,这种情况在世界其他任何地方都不会出现,他们以某种人类学的斜视法相互斜视。然而说到底,为什么要把土著人从新石器时代中拽拉出来?又为什么要把我们从先进技术的状态中拽拉出来?这与将孩子们从童年中拉出来或将老年人从晚年中拉出来同样荒唐。这就是我们在所有的地方,通过暗示或电休克方法,在我们命定的人道主义的充满活力的道路上所做的一切。

如果我们可以像现在这样相互容忍,我们也应该像现在这样去容忍野蛮人:披头散发,惊恐满面,眼球突出——我们则悄悄地变得腐败透顶,腐朽不堪。

各种文化就其自身而言,是不会自动相互靠近的——或者说其靠近程度接近于地质板块的缓慢速度。梦想着有朝一日将诸种文化化解在一起将是荒唐之举。从全世界的角度来看,即从我们的观点来看，这些文化只能被灭绝——包括我们的文化。通过西方的文化荒漠给任何一种文化留出一个位置，这只能是死人的位置。

成百上千的游人聚集在艾尔斯岩[①]这个风景点等待日落。指挥塔在那里铺设了桌布，准备了冰桶和香槟，面对着那块神圣的突兀巨石。命运的嘲讽：那个傍晚，没有太阳，没有日落。这没关系，所有游客都注视着岩石，不停地拍摄，忙得不亦乐乎，却没有希望。这个景象已经被安排在旅行日程中，游人们狼吞虎咽下它的不在场，就好像某一天电视台罢工，电视观众在屏幕上看到的是一片空白。应该说这个真正的人类学景观，这场沙漠中心的社交模拟场景，与日落相比毫不逊色。

---

① 艾尔斯岩(Ayer's Rock)，世界最大的独石山，位于澳大利亚西部。这块硕大无比的岩石高出周围地面 348 米，周长近 10 千米。每当太阳东升或西下时，在阳光的照射下，这块巨石就会呈现出紫、红及橘红等奇异的光彩。当地土著人称之为乌鲁鲁(Uluru)，他们相信，这里是世界的源头和中心，因此，对于他们而言，这是一个神圣不可侵犯的圣地。

澳大利亚以其独特的地理位置、地质构造和人类学结构，成为阻挡世界现状中常规愚蠢的屏障。新闻的嘈杂在那里变成极端的无意义事件。土著性（aboriginalité）仅仅是独特性吗？恰恰就是这样：一种恒星般的嘲讽，抵挡事件激化的屏障，防止思想喷发的屏障，尤其是对抗新闻那不断辐射的屏障——臭氧层变薄带来的癌细胞扩散的阴影。这正是澳大利亚人所抱怨的东西，他们用完全的保护霜进行自我保护。他们也用绝对的实用主义来保护自己不受任何知识辐射的损害，而不去理睬土著威力的强大潜力。他们拥有这种力量，而我们则没有这种力量。

在长达 30 个小时的飞行中，我染上了一种时间的病毒：对停顿的时间不断地牵引。飞机好像在同一片沙漠上空静止不动。不可能有什么消遣。

机舱的显示屏上显示着倒计时：距离飞行目的地还有8000公里。这让想象彻底失望。甚至连耐心，连结束这一切的激情，最终都耗费殆尽。

回到地面后，这种印象还持续了好几天。时光不再流逝，它变得黏稠生厌。通常，每一次活动，工作或是休闲，至少会保证一种时光的流逝。然而在这种分解的状态下，人们感到各种活动都不再能够消化时间。这就像体内的一架时钟出了故障，这故障产生于这次高海拔穿越世界的长途飞行。这就像时间本身，它曾经遭受着长期缺氧的痛苦。

进入一月份就从冬季过渡到春季（罗马），然后回到多雨的冬季（巴黎），重新出发去亚热带的夏季（加拉加斯[①]），然后又回来领略巴黎的初春和阴郁的天气，然后突然又是艾利斯斯普林[②]的夏天，接着

① 加拉加斯（Caracas），委内瑞拉首都。
② 艾利斯斯普林（Alice Springs），澳大利亚中部城市。

便是悉尼的秋天——最终还是巴黎的春天，五月份。季节的无序正是旅行的美妙之一。

葡萄架——沙漠，隐修生活，在那里，一年集中于一个盲目的焦距。知识的喜剧在别处上演。这里则是一场仪式——常规的驱魔仪式，驱除任何的束缚，任何的责任，任何的社会性，任何对思想和躯体的生理拆卸，而躯体必须面对自然元素的光线区别。这种在概念上与完美的罪行同样荒芜的东西，它是否能够参照这种矿物的大自然，参照这阵风和这种孤独来进行衡量呢？去年，有人被火山灰掩埋和书本被风吹散这个双重事故，可以说已经将这件事悬搁了起来。而今年又有了新赌注，要么清账，要么加倍。

每年我都在这儿，在检验矿物天地与动物世界智慧的同时，还检验着人类种群那成比例的愚蠢——没文化的农民，失去文化的游客；自命不凡的儿童和成人，他们吹嘘着自己那无所不能的技术设备和荒诞不经的言辞——所有其他处于寂静中的物种，都要比人类更为温顺，更具智慧。

为什么出生的此岸引不起我们一点兴趣，而死亡的彼岸却激起我们莫大的激情？大多数人都会提前安排好死亡，以便能好好生活，就好像他们已经死了一样。他们将自己的消失提前安排好，让自己越来越透明，清点着那些能在他们身后存活的物品。一件物品也不能动。一切都必须各就各位，以便拍下最后一张照片。

人们如此关注于其身后的宁静而不顾当前的幸福生活，这简直是疯了。从现在起尽其所能从自己的生活中销声匿迹。竖起一个自身缺失的背景，以便在生前进行不在人世的实验。执行着一种安然死亡所需的所有日常任务。他们也许并不相信人生的不朽，除去这种经验外，他们并不希望了解死亡的其他经验。

快快离开你的生命，离开你在墙上的影子。

读到《兔兔杂志》(Rabbit)时，看到对“经皮冠状动脉成形术”的临床整容术吹得神乎其神。一个月后，原样大小的梗塞。必须小心对待所读的东西。如果我没读到会怎样呢？

总而言之，真实的情景总是没有书中所写的那么扣人心弦。现实总是有点平淡无奇的味道，尤其是当它似乎快要实现的时候。人们对它的期待并不太高。

用自己的牙齿咬断与现实相连的最后一根脐带，让指甲深深陷入记忆中，进入绝对的沉默中，而且让苍蝇不停地侵入我们的头顶空间。

掩盖现实的并不是幻觉。是现实在掩盖着没有现实的事实。

不应该让世界披上无意义的外衣或是绝对的幻想。应该让绝对的幻想更好地隐藏在现实的真切后面,以至于人们与它擦肩而过却看不见它。

在一本书中也是如此,应该让一个思想更好地隐藏于其中,以至于读者与它擦肩而过却看不见它。

厄运不再存在于主体身旁,他变得对痛苦无动于衷,对他自己也毫不在乎。在复仇的客体与主体之间,没有分界线。只有一个决斗的生灵,而什么都没有分开。

宇宙是一个传授秘密祭礼的祭司。他在自己不知道的情况下说着话,无法赋予自己的话语一个意义。教育家则在知情的情况下说着话,然而他却把我们当成孩子。

15世纪的解剖者突然发现，在人体内，在神经系统内，以及血液循环中，存在着一个绝对的客观性世界，远在上帝之外——如今对我们来说，是否也有这样一种令人震撼的对等物，有这样一种所有数据的转移？**无意识**的发现差一点就成了这种对等物，但是它已不再是这个对等物。对大脑的探索大概就是一次绝对的冒险，可能会扫除所有我们现代的价值与迷信——我们自己的神学。但这并不一定是个进步。正像灵魂被解剖学解剖一扫而空那样，身体或者其他许多东西，都因对大脑功能的精妙解剖一扫而空。

持久是伟大的，但差别却是微弱的。如果说差别是微弱的，那是因为开裂是无价值的。如果说开裂是无价值的，那是因为效果是最大化的，那是因为事实得到了证实。如果事实得到了证实，那是因为你姐姐骑自行车。

对于每一个概念来说,应该找到一种批评的质量,以便在事件和头脑中完成一种连锁反应。没有思想和语言中预先的连锁反应,就不会有真实的行动;没有一种概念和语言的过冷现象,而且这种语言还会突然穿越思想与行动的地质层,那就不会有真实的行动。

梗塞的同谋幻觉自行向安息年开放。罪行的完美与安息日密切相连,与**梗塞**和**酷热**紧密相连。

美国的奇迹时至今日,依然是大口吞噬自身光辉灿烂并不断膨胀的形象,然后再以排泄物的形式将其吐出。就在于美国人在自己的轨道上无怨无悔地继续前进,即使这个轨道正在转向一个灾难性的极点也在所不惜。就在于以原样大小实现着虚幻与现实的萎缩性损坏,任凭自己被自己的未来所侵犯(这与在实时中生活完全是两码事)。就在于成功地维持了一种离心元素的万有引力,凝聚了所有这些离心人群、少数民族、外来文化——不可思议的是他们今天成就了这么一个国家,即很少有可能出现民族分裂、语言冲突和宗教冲突。万有引力的彩虹也许就是这样。

卢旺达。所有的媒体都清晰地指出杀人犯身藏何处,煽动者又在何方(我们也是煽动者),然而事件依然在继续。消息是全部的,却没有任何结果。一种共识,一种集体性的懦弱在这种普遍的消息中找到了借口。普遍消息在此扮演着手术刀的角色,在全世界所有国家,将掌权的专制政府与任何集体的意志永远分割开来,像烙铁那样给所有可能出现的矛盾打上它的烙印。

将录像机设置在前一天同一时间上，人们是否可以复活前一天的这档节目呢？

让蓬皮杜艺术中心的数字时钟倒转，能否让这个世纪向后倒退呢？这将是最精湛的恐怖主义活动。然而这似乎根本没有必要：历史的倒退早就已经发生。

History reproducing itself becomes farce. Farce reproducing itself becomes history. ①

目标总是想将桌布抽走，却又不改变桌上的布置。

---

① 英语，意为："复制自身的历史变成了闹剧，复制自身的闹剧变成了历史。"

人们从来就不会同时拥有纸牌与玩牌规则。

在欲望的虚无空间中，座位票价是很昂贵的。

预先假定的亚当式自我性(ipséité)是无价的。

所有带有否定前缀的词都是官腔语言。

仅凭有志向得到想要的东西是不够的。这且不说，事情常常是正因为有志向得到某样东西，所以就更得不到它。因此，假如不知道自己想要什么，就是得不到也没什么了不起。此外，这种解决办法还保留着一种可能性，即得到你没想要的某样东西，这是一种最优美的假设。

我就像一只猫，溜进满是盘蛇节的袋子，里面所有淫荡的蝮蛇开始抖动。我说的是这本无法实现的书，它挤动着，无需我的存在，而我还得把它当作一个人造胚胎，不停地重新移植。从今以后，有许多书籍就像一些孩子——让它们来到世上有什么用处？只需孕育他们，装在大脑中就行了。

邮局里那些年长和年轻的小姐们，她们被安置在全新的电脑面前。人们将热血动物安置到冷血技术面前。这将会发生什么样的事呢？无非就是一种怪诞的境地。

本维尼斯特[①]：分子越来越少直至完全消失，但

① 本维尼斯特(Jacques Benveniste)，法国物理家。他发现了当把某种溶液稀释10的几十到上百次方倍后，虽然它理论上已经与纯水没什么两样，但实际上仍保留着溶解物质的活性。换句话讲，水保留着曾与之接触物质的特性。这种理论又被称为水记忆假说。

缺失分子的效应依然存在,与物质分离的电磁波依然存在。这是完美的虚拟性。分子信息的物质不复存在——唯有介质具有放射性。这是纯信息世界中改观(transfiguration)的最高阶段。

人们很难理解科学家们反对这一假设的激烈程度,因为这种最大限度的抽象,这种效应的虚拟化完全符合最新科学的原则。因此,这种假设只是在道德上和哲学上让人无法接受。无因之果的可能性是不道德的。这就是与现实毁约,这是对现实的哲学性否定。于是便有人谴责,控告它为异端邪说。

而世界呢,它可不需要真实的原因。只有精神要求有一种解释。

说到这里,既然人们可以用电磁波来传递信息,那怎么处理“真正的”分子呢?现在可以合成帕瓦罗蒂的声音了,那还需要帕瓦罗蒂做什么呢?一旦虚拟使真实毫无用处,那还需要真实做什么呢?建造一座“真实博物馆”?一所“拯救研究所”?是否需要将真实封存起来,或保护起来,就像保护濒临灭绝的物种一样？缺席的现实，被其复体抹掉的现实，将是一个潜在的危险幽灵。就像任何一种废料，人们可能永远都不能摆脱它。

为什么人们总是把那些犯罪行为和非正常事件归咎于化学或生态的程序，而从来不将美德或善举归功于它呢？似乎只有**恶**才有权利作出一种"客观的"解释。言下之意，科学的有理性本身只不过是这个"恶"之原理的深入。

在现实与现实的迷信之间没有什么差别。要挽救现实，挽救现象：当代蠢举的重复主题。而表象本身倒常常是毫发无损。

心理学家和所有的心理技师和社会技师都在抱怨，说他们都在修补社会、家长和教育体制所造成的损害，尤其是对儿童所造成的损害。然而这种人力的浪费就是所有人——治疗师、政客、社会工作者等——的贸易基金。如果一切运转正常，社会活动也可能会消失，这个美丽的世界可能会陷入技术失业中。因此，社会体制就是以自身的痛苦为生活的食粮。任何政策的变换或痛心的修正都意味着一种更加复杂和更加倒错的诡计。

为什么不拍下人类生灵的照片。感情过剩。甚至动物和植物都感情过剩。文化充满感情。甚至连历史的暴力也充满感情。只有物品、色彩、光线和物质还没有性欲和感情的光晕。因此，没必要用冷静去侵犯它们，拍摄它们。那些人没有经过镜像阶段，一个个与自身完全相像，并不存在相似与否的问题。从技术上来说，你只能给他们这种漠然态度中的神奇真切补加点什么，只能向他们这种导演过程添加点什么，以此突出他们所体现的角色：世界中客观的幻觉与主观的幻灭。

是否只有一种针对痛苦的政治而没有关于不幸的政治呢? 人们总是这么做,好像那些受害者(艾滋病患者,吸毒者等)已经与他们的不幸融为一体,尽管他们面对自己的不幸感到非常无辜。面对痛苦(包括疾病),人们从不让他们承担起责任。人们只是让他去正视自己的不幸,将他们封闭在受害者的升迁中。人们甚至通过公认的团结精神,向他们做起了一种虚假的广告。

人们从来就不关注与自己可能有同谋关系的东西,与痛苦有挑唆关系的东西,甚至不关注在付诸行动时所具有的选择和挑战的余地。这种行动在命定的区域里是无意识的,或几乎是随心所欲的。就像对于自杀者,人们总是说他们自杀的原因是绝望,却从来不考虑其行为本身的独特性。

应该怜悯一下现代医学,可怜它在痛苦面前束手无策，就像那些与无搏斗的本堂神甫。原因是疾病不会等待医学来进行互动。疾病早就在互动了，就像身体的功能一样：不确定的病理，多种多样的侵扰，间歇性症状等。我们暂且不谈感染因子、各种杆菌、细菌和病毒等，就说说各种疫苗和医学手段的互动吧，它们与昆虫与杀虫剂之间的互动完全一样：互动性回应，相互的适应。互动性向四面八方施展才能，能表演最棒的，也能表演最糟的。此外还要加上与临床医生的互动，他似乎知道——责任分工中其他的不确定因素。

从今以后，大众将直接干预演出，干预表演，通过各种视听率测定计及拨号调制解调器干预事件：大众也变成可互动的了！在民意调查中，我们大家全都虚拟地出现在那个百分比中：强迫的互动性。归根结底，这种所有领域里所体现的互动意志都是无用的：长期以来，我们已经在不情愿的情况下处处互动着，所有的自动回答系统把我们变成了奴隶。人们到处向我们推销有活力的互动性，好像那是一块人造救命木板，但这种互动远远赶不上我们已经在经受的被动的互动——被动的互动性，而主动的互动性将通过志愿的牵连技术替代这种被动的互动性。

互动性，这就是表演的结束。一切都以舞台的取消和观众的投入而开始：生活剧场[①]。当所有人都变成演员时，就不再有表演，也不再有舞台。只有在舞台与演出大厅的严格分离中，观众才能成为一个完全的演员。

“生活经历”的革命无疑是最糟糕的事情，它是揭露每个人的生活秘密的革命，将生活转变成了一

---

① 生活剧场(Living Theatre)，美国一实验剧团，1947 创办于纽约。该剧团反对传统剧场模式，主张生活本身即为一种艺术，人人皆可成为演员。

场巨型的真实秀。通过所有欲望的革命、表达、幻觉和分析等由革命解放的东西，并不是无意识的戏剧集，也不是残酷的戏剧，而是平庸的戏剧。禁忌并没有消除在冲动上，而是消除在平庸上，消除在天真烂漫、特异反应和特异反应症上。所解放出来并不是特殊性，而是每个人独特的愚蠢，也就是说他与其他人分享的那种愚蠢。

很不幸的是，我们这个时代所特有的愚蠢已经与智慧别无二样。这二者已经混为一体。愚蠢不再是没有文化教养；相反，它已经信息过剩，它甚至与人工智能一样充满条件反射的生机活力。这就是愚蠢的静电复印度①，它与智慧的静电复印度已经混为一体。

① “静电复印度”(degré Xerox)，波德里亚创造的一个概念，指当今事物依赖电视、电影、印刷品等媒介而存在，处于静电复印的复制和虚拟状态。见波德里亚《暴力的静电复印度》(« Le degré Xerox de la violence »，*Libération*，le 2 octobre，1995)。

世界性愚蠢在统计上呈直线上升之势——教皇的五千万册书以创纪录的速度售出——总之还是令人欣慰的，因为人们可以说，这样一种衰退的状态只能造成一种激烈的反应，世界绝对不会在这种毫无意义的年度报告中结束——这会让我们对未来抱有一定的信心。但反过来我们也担心这种呈指数上升的愚蠢会招来一阵令人目眩的空气。

语言的非程序化将是语言自身的事业。

体制的非硬性化将是体制自身的事业。

世界的非现实化将是世界自身的事业。

这就是惯性的预言（le prophético-inerte）：能够自行实现的预言。

若好好看看，这些曾经就是革命口号的内容：劳动者的解放将是劳动者自身的事业。不同的是这项事业掩盖了一种危险的欺骗——它仅仅面向惯性的实践，面向劳动的解放，以此作为自己的终结。

并不是应该是的世界结束了现实的世界，而是原样的世界结束了现实的世界。

轮椅上的瘫痪者体现了运动的虚拟现实。

我们最亲近的祖先猿猴，已经不再被人提起。因为与我们实在太亲近。没有足够的区别。最精巧的事就是在人类身上找出非人类的起源：细菌或是恐龙。这才是一个物种值得骄傲的来源，这个物种已经觊觎着它那未来的非人性，克隆的非人性。

瘙痒症，瘙痒是遗留在人体内部的一种猴子活动的残余。况且正是因为人类停止了给自己挠痒才改成从事其他活动。反过来说,这种自由也结束了某种亲和性,即猴子的亲和性:“你们自己相互挠痒吧!”而如今,每个人都只能给自己挠痒——这是社会性衰落的形式之一,同时也是支配身体的最可怜的形式之一。

人类身体既不能像动物那样外倾,又无法进行协调的内倾,它只能在面部红斑或臀部红斑中兜售色情。它因缺少相异性而自行改变容貌。红斑取代了诅咒,是诅咒的皮肤版本。

我们得知,庞贝城在灾难来临的那一刻,居住在那里的都是一些无家可归者,可怜的穷人,老年妇女或身体虚弱者。又是一个美丽的梦想破灭了!人们都希望自然灾害,哪怕就一次,能够首先落在富人头上,或不加区别地同时落在富人和穷人头上——要我说,必须放弃这个想法。上帝从来就不会弄错。我们只剩下了泰坦尼克号,然而有一天人们将向我们透露,这艘游船上满载的都是出国移民，一座命中注定的冰山挡住了他们通往黄金国(Eldorado)的道路。

《末路狂花》[①]：讲述完全自由的女性的唯一大片——不是“解放的”女性，而是自由的女性——而自由并不是争取来的，自由就是要在她们面前创造一片空间，不以其他任何东西为衡量标准，而只以她们自己为标准。当然，这只能以一种神奇的消失而结束，消失在开放的虚无中，经过一条绝对的（讽刺性的）通道到达天际的那一边，轻而易举，不需呼叫，无怨无悔。

永远也不要让一丝希望的光芒渗透进来。轻

---

① 《末路狂花》(*Thelma et Louise*)，1991 年由里德利·斯科特导演的一部美国电影。剧情大致如下：塞尔玛和路易丝结伴去旅游，途中塞尔玛遭到歹徒强暴，路易丝掏枪将歹徒打死，两人由此走上了不归路。

微的失手也会被乐观主义的狂热者利用起来。只需影射一下星星，而星星的光还没有到达我们这里，整个被压抑的希望就会通过这个未来的缺口奔泻而下："这么说你还真信了？你承认不是一切都完了，对吧？"

"治疗窗"：这是表达中断治疗的多好的妙语啊！人们是否甚至可以通过这扇窗跳进虚无？如果是一扇阐释学窗，通过它可以跳到意义之外，那又会怎样呢？一扇存在的窗，通过它可以跳到存在之外，跳到存在的永久理性之外，那又会怎样呢？

意外发现①——这个鬼魅般的词指的是一个事实，即找到一种人们并没有寻找的东西，偶然发现某个意料之外的东西。克里斯托弗·哥伦布本可

① "意外发现"，原文为英语"Serendipity"。

以这样来命名他的帆船。但事实上，美洲大陆的发现并不是一个真正的偶然事件。白人只是实现了印第安人的预言，印第安人早就预见到外来的生灵将毁灭其种族。白人只不过是毁灭的工具，而印第安人在毁灭中找到了自己的终结。

同性恋者对其遗传定义的奇怪的赞同。他们更希望他们的差异在生物学上得到合法化。最终大家都偏向于基因，以作为完美的托辞。无意识已经成为大家普遍的证明。但这还是一种心理的需求。从此以后，生物学成了司法担保和法律论据。差异，无论是积极的还是消极的，都在一种内存的理性中得到体现。对遗传生物学和社会生物学来说，它们都有着美好的日子。

在亚马孙河流域，某些蝴蝶出于自卫，会模拟它们有毒同类身上的斑纹。当没有机会变得有毒时，那就得让自己变成诱饵。从这个意义上讲，我们全都是鳞翅目昆虫。我们的大部分行为无非是一套套把戏，以便让我们远离巨型捕食者——死亡。正像这些乔装打扮的鳞翅目昆虫，我们所有的武器全是人工武器：这些不计其数的计策帮助我们躲过死亡，躲过被捕食的注定命运。

况且，谁能最终分得清毒蝴蝶与外表似乎有毒的蝴蝶呢？是什么东西使得某一物种拥有真正的武器，而另一物种却只能靠模拟的威慑呢？而我们人类自己，我们整套的机械装备、科学与技术手段，是否具有真正武器的功能呢？它是否只是一套貌似强大的拟真机械呢？是一台充当真正威力的模仿机器呢？

由于我们的意识是一种镜像，结果是我们只能对称地显示出自己的变形，就像镜子中的图像那样。于是，凡是通过意识的东西都必须得到纠正或反转，以便凸现真实的人像（主要形象和天国形象)。这也属于人类幻想的一个部分，人们可以通过额外的人工手法去修正其轨道。我们必须通过心理的反转来挫败这种幻想，模拟一个反转的图像——就好像我们永远也不能显示出来那样。

巴基斯坦的新婚夫妇就是这样，在举行婚礼的时候，他们一起走进一个房间，房间的尽头是一面镜子。他们只在镜子中相互对视——这样每个人看到另一个人宛如身处天堂里，也就是说宛如一个真实的人，一个只有永恒才能改变的人，而非平时出现的那个人。

没有一个女人会反对一种针对她而有意克制的欲望。她更愿意将该欲望置于悬空状态——正如上帝那样，据格拉西安①说，上帝的计策就是将人永远悬于半空中。女人从欲望中为自己提炼出想

① 巴尔塔沙·格拉西安(Baltasar Gracián，1601—1658)，西班牙学者、作家、耶稣会教士。著有《漫评人生》(*El Criticón*)等。

象，但是这么一来，她就在渴望得到她的男人身上强化了一种顽念，最终她将被一个为其私欲困扰的男人所占有。只有这时女人才真正成了对象：即当她不再被一个为其私欲而焦虑的男人所欲望的时候。然而最终这会让所有的人感到满意，因为女人自己也愿意加入一个永远没有满足的欲望，以便更好地享受。

这位既无激情又无恋情的女人，她雇来一名刚刚遭情人遗弃的艺妓，代替艺妓经历其恋情和痛苦。当情人再来时，艺妓将他赶走，情愿待在这个分享她的痛苦的女人身边，选择和这个女人在一起。两个女人的默契所产生的眩晕感比那爱欲要强烈得多。我们是否可以找到一个人，他能够代替你去体会幸福或者不幸呢？我们至少可以找到一些能站在你位子上思考问题的人，而思想的自然运动不会因此而改变。因为没有什么可以禁止我们在这个他人的后面找到思想的巧妙的空虚，就像这个女人,她在另一个女人的面具下找到了那份痛苦的巧妙的空虚。

深层的欲望恰恰就是想找到一个能替你思考、替你受苦、替你决策的人。“假如我有一本书可以代替我获得悟性,一位道义师能代替我拥有良心,一名医生能代替我点评我的饮食,那么我自己就不需要作任何努力。其他人会很好地替我承担起这些枯燥的活计。”康德如是说。

对意志转移提出的唯一反对意见就是,寻找一个替你思考的人与自己思考一样枯燥,找到一个愿意做事的人比自己做事更为累人。因此找到一个能替我写我想写的书的人,这几乎比登天还难。但是有时也会遇到一种思想,它能完美地记录你的思想,从这种来自外界的默契中则会产生出双倍的快乐。独特新颖仅仅是思想快乐的一种次要奖赏罢了。

个体性同样也是意志与欲望的一个次要方面。意志永远不会是我的意志，欲望永远也不会是我的欲望。为使它们成为意志或欲望，就需要它们像象征物那样去流通和交换。

如果没有这种象征性转移，我们将实行一种技术性转移，把所有的功能转移到机器上——从人性向非人性的转移。但是如果某个人类生灵在替我思考，那也没有失去什么，我和他都一样。倘若是一台机器在替我思考的话，那我们两个都完蛋了。

事实上，向机器转移的阶段已经过时——现在已经轮到机器向人类转移它的功能。过去是人类对机器的物质崇拜，如今取而代之的是机器对人类的物质崇拜。

现如今，人类已经沦为机器那邪恶欲望的对象，成了它不惜工本全速运行的欲望的对象。

机器不再是人类的一个赘生物或隆起物——

倒是人类成了机器的性器官（巴勒斯[①]）。这也许说过了头，因为机器到底属于什么性别？人类更像是变成了一种无性机械的充气假肢——某种无用功能的幽灵式终端。无限的度，零度，力比多的静电复印度。

这些数不清的仪器装置，人类得用虚拟的力比多去供养它们。这其中当然就有计算机，人类就是它无意识的手淫者，是它充满淫欲的超物体的大脑；当然还有女人那轰动性表演的躯体，它变成了单身的机器，广告和色情的圣体位（hypostase），而人类不过是这一机器的无性操作员，奴隶身份的窥视者，自动的译码器。

银行自动柜员机的悲歌。

∞

在镜子前面，每个人都摆出最有利于自己的姿

① 威廉·巴勒斯（William Burroughs，1914—1997），美国小说家，“垮掉的一代”的旗手之一。代表作为《赤裸的午餐》（*Naked Lunch*）。

势。可面对柜员机的屏幕，每个人却摆出死亡的姿势。这就是金钱在一张脸上的最可怕的反映，说得更确切些，是金钱在面孔缺失上的抽象概念。这一张张脸就像电视上被扣人质的脸，只有当脸部放松时才发出亮光。

∞

他们知道或不知道自己正在被拍摄。在黑暗中，他们就像在被拍摄时那样行事，动作鬼祟，神情沮丧，无动于衷。他们希望自己不在那里。

∞

这不是想发财的面孔上泛出的那种赌博的反光。而是与贪婪默契的焦虑的面具，对金钱的提前感激燃起了这种默契。从来没有冷静，从来没有酷相。因此常常会忘记人家无意中丢下的那张可交换的银行卡。

∞

银行卡，这种虚拟的金钱，它保护着我们免于现金的俗气。然而金钱本身，这个价值的人造品，保护着我们躲开了商品的俗气。而商品这个欲望的人造品,又保护着我们免于人际关系的庸俗。如此这般我们便被保护得完美无缺。

∞

享乐的纯洁形式,就是价值

价值的纯洁形式,就是金钱

金钱的纯洁形式,就是银行

享乐的纯洁形式,就是悔恨

∞

人们是否可以想象一台视频机器人,它将通过微笑,而不是通过密码或指纹来识别每一个人?

∞

唯一的游戏可能,仅有的真正乐趣:盗版制假,偷窃纸牌,欺骗自动的世界,让机器落入自己的圈套。暗暗狂喜,没有被发现的罪行那恐怖的热度。

成功地诈骗后那女人脸上泛出的光芒。

∞

自动取款机里的金钱每次都给人一种货轮崇拜的神奇幻象——每次都能赢钱。就像可口可乐自动售货机的故事那样,某人放进一枚硬币:一罐饮料掉下来。又放一枚硬币:又一罐饮料。第三枚硬币:第三罐饮料。在他身后有人抗议:“也让别人玩玩嘛!”而他立即回答说:“让我继续玩嘛! 你没看到我正在赢钱么! 只要我还赢,我就要继续玩!”

觊觎我们的不仅仅是遗忘,还有在记忆的过滤性病毒的作用下神经突触的解冻。名字、面容、地点莫名其妙地丢失,就像是程序化的抹擦,以病毒那不知不觉的进度进行着。在感染了电脑的人工记忆后,如今这一病毒开始攻击自然的记忆。这里面是否就有软件的阴谋呢?

在快乐及其放纵学科的时代之后,迎来了欲望及其牺牲责任的时代。在快乐的规则之后,便是欲望的法律。两者之间经历了许多革命和解放的历程,其中就有性的解放。

如今,两者都已经过度衰老。甚至连欲望都已经过时。如今权力倒是上了议事日程。

快乐之后,就是欲望。

欲望之后,就是法律。

那法律之后呢?我们再也无法想象。我们原本想象法律(就像国家)注定要消失,消失在交换的互动性中,消失在交流的大潮中。然而情况却恰恰相反:法律却像国家那样越发得到强化——这两者在“法律国家”的新型崇拜中达到了顶峰。

法律随着自由的丢失和我们自然物质环境的恶化而得到加强,我们失去了所有无偿赐予我们的和没有权力享受的一切:例如生活。

“知识分子的作用”不就在于将思想中被诅咒的部分集于其身,并且从整个社会中清理掉这个被诅咒的部分么?这个社会如今变得更加自由地为自己保持善与恶的平衡。知识分子的作用不就是要在自己身上聚集思想的疾病,并且找到这种思想疾病的邪恶用途吗?就像那些政客,他们将社会的慢性病集中于自身,而这种慢性病正是权力的精髓,从中他们找到政治的用途。王子的专制来源于他将社会中一切分散和模糊的随心所欲集中于一身,因而使社会摆脱了随心所欲。假如专制没有集结于顶峰,那它就遍布于整个社会:在民主状态中也是这样,那里的专制比较模糊,处于地方状态,就像瓦解的帝国结构中那种错乱的效果一样。然而不论是知识分子还是政治家,如今都不再扮演这个角色,他们想做的无非是表达、代表、引导、理性化和说明。他们用道德良心、忍受痛苦和公平见证来粉饰自己,用神圣使命及医治病态的价值(他们当然也属于这些价值的一部分)的热情乔装自己。更糟糕的是,他们声称要让自己消失,以便让所有的人能够进行表达——民主的老年病,他们虔诚地卸除自己的言语和权力,将它们塞给所有的人。当然,这种使徒的虚假火刑仪式并不济事,所有人终究以体力不支而告终,但却是在一个不属于他们的角色里垮台。至于社会和思想,它们因此陷入混乱和内部的毒性发作——完全陷入无处表现的邪恶的透明中。

这些狗娘养的精于诽谤的知识分子和告密者,他们总是在思忖着怎样才能既才华横溢又能在政治上卑鄙圆滑:塞利纳①、莱妮・里芬斯塔尔②……毋庸置疑,最重要的不是要有才华,而是要属于正确思想的种族。诚然,对于大多数人而言,他们是无从选择的。

愚笨加伪善,外加狂妄自大,自认为他们的正确事业高于绝对的思想,比被诅咒的部分还高尚,比阿尔托③、巴塔耶④、德波⑤和尼采的哲学疑问还

---

① 路易-费迪南・塞利纳(Louis-Ferdinand Céline, 1894—1961),法国作家,20 世纪法国文学的伟大革新者之一。作品有《长夜行》等。

② 莱妮・里芬斯塔尔(Leni Riefenstahl, 1902—2003),德国舞蹈家、摄影师、电影演员和导演。代表作有为纳粹德国所拍摄的纪录片《意志的胜利》和《奥林匹亚》。

③ 安托南・阿尔托(Antonin Artaud, 1896—1948),法国戏剧理论家、演员及诗人,反戏剧理论的创始人,其内心历险和"残酷戏剧"的构想深刻影响了现代文学。

④ 乔治・巴塔耶(Georges Bataille,1897—1962),法国评论家、思想家与作家。作品有《被诅咒的部分》、《色情论》等。

⑤ 居伊・德波(Guy Debord, 1931—1994),法国思想家、导演,情境主义创始人之一。代表作有《景观社会》等。

高明，以体现他们那正统思想的原教旨主义(intégrisme)，并且怀着他们那种受虐狂的热情。因为他们在那里对人类的基础痛苦进行着奇怪的消费，对人权进行着国际性保护。他们甚至还悄悄地谨慎地重读马克思，期待着斯大林和主教派的福祉降临。

这就是“精神新秩序”。

高尚的思想遍布大地。离恶、幻想、讽刺思想越来越远。一种否定了形形色色的恐怖(在纪念1789年大革命时精彩地表演过的否定)的思想，只剩下温文尔雅又铁面无情的恐怖的思想，一种作用于自身的思想——我们可以称之为我们西方知识社会的主观原教旨主义，正如季诺维也夫[①]说过的那种不同政见的正统思想。这种思想变得越来越民主，自由，多元，可交换，泛文化，淫秽，利他主义，区别主义和参照主义，教权化，道德化，亲善化。总

---

① 季诺维也夫(Grigori Zinoviev，1883—1936)，苏联政治家，联共(布)党内新反对派的主要代表之一。1934年被开除出党，并被指控为刺杀基洛夫(Kirov)的同谋，以反对苏维埃制度的罪名被判处死刑。

之人道化。历史成了一具充气女模，而人道就是历史的避孕套。充气女模属于欲望的范畴，而人道则属于思想的范畴。这样，任何问题都有它充气的解决办法，它由欲望的历史性失败所构成。

党团的所有痛苦如今被虚假地知识化了，然后又反过来毒害知识分子。政治家们无耻的讲话，标志其特性的原教旨主义和软化的原教义主义（fondamentalisme），知识分子绝望地将其理想化，带着万分的悔意，十足的虚情假意。“我们只有一个文化，必须拯救它。”

人道主义至少还钟情于人类——是上升的政治与文化概念。而人道主义行为（l'humanitaire）呢，它从根本上讲只钟情于人类物种——没落的社会生物本质。这就是人类的政治哲学乌托邦和作为虚拟废物的人类种群管理之间的风格差别。

人性只有通过失去人性的人们才能以动人和神秘的方式表现出来。人性也许只有在动物身上才能真正地存在，正如我们在卡内蒂理论里所看到的那样。

人性的思想只能来自他处而非自身——非人性是它唯一的见证。当它要自我定义并将非人性明确地排除在外时，它就沦落到微不足道的境地。当它打算实现它自己的概念——比如在人道主义和人道行为中——便会立即自我超越到暴力和荒谬之中。思想只能存活于人性的边缘地带，存活于非人性的渐近线边界上。据卡内蒂所言，如果蜕变的思想本身与动物一起从世界上消失，那么就不再有人类和思想。

谴责数万名意大利人，即贝卢斯科尼[①]所说的"乐意的受害者"，揭露大众的愚蠢，并且自我标榜为神圣左翼，炫耀自己的民主式傲慢，这就是开明

---

① 西尔维奥·贝卢斯科尼（Silvio Berlusconi，1936— ），意大利商人、政治人物，三次出任意大利总理。

知识分子的所作所为,他们随时准备流亡国外以惩罚自己(但并不这么做)。

这一切都来自对政治**理性**的一种目光短浅而约定俗成的分析。而“盲目的”大众,他们却有着一种更加巧妙的见解——或许是跨政治的巧妙见解?——也就是说权力是一片没有希望的腐败空地,按照合理的逻辑,应该在那里安放一个具备同样形象的人:空洞的人,滑稽可笑的人,小丑,江湖骗子,他能理想地体现这种境地——贝卢斯科尼。

与卑贱的权力相对应的,那就是卑贱的人。为了打破政治的幻象,使这种卑贱大白于天下,一切手段皆有效。

谁在同权力谈论想象呢?现在的政界与唯一可能的“现实”完全相符。贝卢斯科尼就是他那个样子,而任何谴责只能来自一种受挫的幻想。

然而,同样无可争辩的是我们无法忍受这一点——既不能忍受贝鲁斯科尼也不能忍受现状。因此,必须考虑到这个显而易见的事实,即我们也只配拥有这样一个制度;还必须考虑另一个不可忽略的事实,就是我们无法忍受这种状况。

白人们最终将全部撤离整个非洲,让那些土著居民留在他们的原初场景里,留在他们猿猴的困境中,任其饱受艾滋病的肆虐和相互的杀戮,而且多亏了我们慷慨地源源不断地送给他们的武器。我们锁定了整个大陆,就像对待塔萨代人[①]一样,不是为了让其变成一块受保护的圣地,而是有待清除的一枚毒瘤。

在对他人施行的精神控制中,痛苦发挥着巨大的作用。只需第一个遭受痛苦就会抢占优势。甚至在痛苦的交换中,谁发起谁就占主动。从前,必须比自己的影子更快地射击,今天就必须比自己的影子更快地忍受痛苦。要比别人更快地卸掉负担,

① 塔萨代人(Tasaday),生活在菲律宾棉兰老岛的一个土著部落。

松开双手。也许还应该比别人更快地去爱,在别人爱上你之前先爱上对方。因为倘若没有人第一个去出击,也就不再有人敢第一个去爱。

用美德去实现不道德的目标已经是寻常之事。将恶习重新塑造为一种美德则显得更为标新立异。如今这已成为一种时尚的政治策略。为自己的错误申辩,为自己的腐败行为、不道德言行和丑闻进行抗争,以便推动他人来揭发自己,让他人来指控、控告和谴责(甚至言之有理),这是所有无耻之徒都在效仿的一种赎罪方法,是为自己洗刷罪行的一门艺术,也是公众良知能够廉价享用的艺术。

阿姆斯特丹。波音飞机在起飞时坠毁,就像是纯属偶然,意外地坠落在非法入境者、黑人和安的列斯移民居住的房屋上。在航空汽油的地狱中以非法入境者的身份死去!其身份非法到甚至连我们都找不到他们那烧焦的尸体。然而又没有非法到让上帝之手不来地下深处击打他们的地步。这一切完全合乎逻辑。当它涉及一种人类种族主义的逻辑时,若说受害者总是同样一批人,那是很容易理解的事。但如果这是一个非人类之举,是客观的偶然,是一架坠毁的波音飞机(也就是说上帝)的随机力学在进行着同样的打击,那么这种非人性的种族主义逻辑就对形而上意识提出一个真正的问题。没有任何理由能够解释这种出格行为,这种不公正的过分,这种种族偏见,它让波音飞机不偏不倚地坠落于这群没有社会身份的悲惨的外籍移民头上。人们只能够祈求一种更高等的讽刺性权力,让一种**恶**的命定力量来与极端的现象进行无耻的较量。这种不公正的过分,这种超验性歧视在某种程度证明了上帝的存在,不过它是从反面证明,上帝完全认同**恶**的原理。

关于一个你爱的女人而且她也爱你的女人的

忠诚问题,根本就不用担心。因为她要么无条件地忠于你——要么就欺骗你。在这后一点上,鉴于你知道的或自以为知道的关于她的一切,这将是怎样一种令人难以置信的背叛,怎样一种精神的幻灭,以至于成了上帝存在的一个真正的负面证据。

可见这是何等的报应!何等的狂喜。**恶**之原理的胜利的肯定!这不就是我们所热切追求的吗?由于缺乏上帝存在的证据,至少有一个上帝不存在的铁的证据——因为要么**恶**并没有独自的存在,它只相对于**善**的存在而言,要么存在一种**恶**的独立原理,在这种情况下,邪恶的真切将与上帝的真切一样,至少在精神上令人放心。

痛苦带来的喜悦并不在制造痛苦中(谁能知道痛苦在什么地方?),而是在察觉到你给予最完全信任的某男或某女显示出最充分的恶意之时——上帝自己或偶然性或一个女人显示出如此的不忠,使之成为一种启示的形式。这种启示的力量之大,它引发的惊愕之大,以至于任何个人的悲伤,任何精神上的失望都将被这种非道德的形而上真切一扫而空。幻灭的陶醉形式。

过去我们是在大量的善中寻找上帝存在的证据。而如今必须在讽刺与颠倒的同样比例中反省。我们必须在世界的彻底幻灭中,在负面与不幸的过分中寻找上帝存在的讽刺性证据。

然而我们必须小心:恶本身具有一种辩证利用的讨厌趋势。必须保护它不受这种趋势的影响,提防自己不作任何形式的调和,否则,我们便在善与恶的互动中失去对最糟糕事物的最终确定,也因此失去任何的形而上喜悦。

感情的辩证法就像星位和星相的辩证法。它们可能相互紧密结合或者相互矛盾。光有星相还不够,还要有星位。光有幸福还不够,还必须让幸福给你带来快乐。光有不幸还不够,还必须让不幸给你带来痛苦。没有快乐的光晕,幸福将阴郁不堪——没有快乐的念头,那就只有哺乳动物的快感。然而没有痛苦的光晕,不幸也同样阴郁不堪。

在感觉幸福或不幸这个事实中,总是存在一种快乐或不快乐的超验性。

那些将幸运和不幸对立起来的虚伪话语忽视了一点,即存在一种将这二者连接起来的巧妙方法,人们可以将幸运与不幸聚集在共同的重合中——聚集在相互的可逆性中,这种可逆性最终才能构成我们唯一的幸福。我们还有使用它的自由,甚至可以过分地滥用它,而只有剥夺我们这种自由的东西才能使我们变成真正不幸的人。

人们能否将基因理论推广到我们生活的事件中呢?而且尤其推广到那些能让理论五彩缤纷的致命的微型事件中去呢?正如潜伏在每个人机体里的病原体、杆菌、病毒,只要有一丝的虚弱或免疫缺损,它们便会苏醒过来;同样,只要有一丝的精神缺损,各种突发事故、口误笔误、致命小事件就会苏醒。我们觉得它们一有机会便会跳出来,利用任何一点时机爆发出来,登台表演。

某种类型的“历史”事件，这里指一些涉及整个团体的事，比如种族、语言、民族等“冲动”的重新出现，它们不都是在历史的衰退阶段中，在社会和政治的免疫缺损时期出现的一种基因的激活吗?

大脑灰质的很大一部分是由活体的普通机能调用的。99%的身体潜能，即动力、记忆和语言潜能，同样还有情感、计谋、游戏、诱惑的潜能，对于同一个社会中所有人而言都是共有的。这就意味着智力只是一个表面现象，在良好家庭的神童与女门房的傻子宝宝之间，在神经元的连接上只有非常微小的差别。此外，如果说将人类从猿猴中分离出来的只是占很小百分比的基因的话，那么能够将“聪明”的生灵和“愚蠢”的生灵分离出来的东西就更微不足道了。

况且这也不能减轻一种无用性的道德丑闻和人类学丑闻，这种无用性来自神经元的超然质量，来自生物的神奇机器，与整体人类种群所具有的这种怀胎用途相比较,情况就是这样。

对某些艺术作品而言,还不说那些无足轻重的作品:它们拥有毫无价值的所有表象,说它们很烂,还真是烂透了。

当代艺术的整个模糊性全在于此:它要求无用性、微不足道、无意义、平庸——为无用性而战,而这本身就毫无意义了。追求无意义,这本身就已经微不足道了。通过肤浅的词语去追求肤浅。同样不幸的遭遇已经落到卑微的思想身上。

处处都是同样的体现:我无能,我无能!然而无能却是一种秘密的素质,并不是随便什么人都可以追求的。微不足道是少数几部作品所具有的特殊素质,而它们并没有追求这种素质。追求无能,这不过是一种吹嘘和恫吓,以强迫人们从反面给予重视和信任,言下之意:不可能如此无用,肯定隐藏着什么东西。当代艺术玩弄着这种不确定性,在那些什么都不懂的人们(即那些对有待弄懂的事物具备准确直觉的人们)的犯罪感上进行投机。从威尼斯,我带回了唯一的预感,那就是:现代艺术是个阴谋。

抽象的悖论,也就是现代艺术先锋性的悖论,抽象将物体从其形象的桎梏中“解放”出来,以便让它进入形式的纯粹游戏中,抽象将物体与一种隐秘的结构链接起来,与一种比相似更为严格、更为彻底的客观性链接起来。抽象是超理性主义的,它试图除去外表的面纱,以体现物体的分析性真相。

让物体的这种分析性真相表现出来,通过解构外表让世界和社会的真相大白,这便是现代性的政治运动和美学运动。然而事情的关键却正好相反:首先必须揭示其身份才能使面具呈现出来。必须揭示真相才能使幻想和秘密的相异性呈现出来。

更为巧妙的是这种游戏,即把现实当作一张面具,把相似当作一个陷阱,通过这种相似性本身来玩弄幻想,使之更为细腻,更为清晰,逼真得不能成为真实。这便是障眼法的秘密,推而广之,这也是超越了再现的形象化表现(figuration),是超越幻觉进入了抽象的形象手法,在这种抽象中,现代艺术正在走向绝路。

物体和图像都是一些陷阱,在这些陷阱中,现实能称职地进行聪明的形象化表现。但事物并不停留于形象化表现上,而形象化表现也不满足于表现事物。如果幻觉总是一个现实的幻觉,那么现实呢,它也永远只能是幻觉的现实。更确切地说,幻觉并不对立于现实,童年的现实也好,战争或爱情的现实也罢:幻觉是一种更为巧妙的现实,这个巧妙现实以其自身的消失给幻觉披上现实的外衣。

好像一切事情就发生在一个虚空的房间里,这是一个不在场的原初场景,在这个场景中,人们目睹着自身的不在场,因此不用担心自己会迷失。

幻觉就是这样:它为我们还原生灵和物体,就像事物的不在场和消失改变它们自身一样。事物消失了，然而面对自身的消失，事物却非常透明，不管这种消失来自事物的起源还是来自事物的终结。正是在这个意义上，事物在欺骗我们，然而却忠诚于它们自己。因此我们也要忠诚于事物，因为正是在事物的细微中，在事物的微小细节里，在它们准确的形象表现中，物体在制造着幻觉，现实在制造着幻觉。正是在事物的准确连接中事物在制造着事件，因为正是在世界的准确性中才有真正的抽象。

整个世界无非就是这种消亡的感官幻觉和感官迹象。正是在这一点上，物体通过与其本源之间的差距和距离来欺骗我们——然而我们最终沦为那些欺骗我们的物体的对象，我们在这种距离的魅力下跌倒在地。

这就是那些恒星的距离，它们已经死亡，但是光芒依然向着我们照射过来；就是那些恒星的距离，它们已经闪烁了很久，但光芒至今还没有照到我们。

这就是说还有希望。

如今的电影：结束还是无法结束？时下的大部分电影，通过内容的血腥偏向，故事的贫乏无味和制片的人造技术——无用的高科技——证实了一种对电影工作者的超然蔑视，而且针对他们使用的工具和他们自己的职业，还证实了一种对图像本身的高度蔑视——人们为获取任意的特殊效果而让图像卖淫，并且通过观众来实现。观众应召前来充当无能的窥视者，在暴力不在场的情况下，参与这种图像的卖淫，参与这种所有形式的混乱。事实上，这里没有任何真正的暴力，没有残酷戏剧的任何东西——只有一种次级层面上的讽刺，一种引文式的眼神暗示，一些甚至已经不再属于电影文化的东西。这只是对文化自身的一种感觉，电影文化已经无法终结，它只能在无限中自我败落——这种败落被提升到某种商品的能量高度，一种美学和精神的商品，苦涩而又过时，一种我们以艺术品的名义去消费的商品，正如我们以同样的默契去品尝政界的败落一样。图像职业人士对图像的糟蹋与政客们自己对政治的破坏异曲同工。

思想从意义、真理、参照和现实中获取一种无耻的和不道德的用途。小小一个方程,思想都会将它用于对概念的歪曲。微不足道的一个概念,思想会将它用于对意义的歪曲。思想不是让语言在观念中卖淫,而是让观念在语言中、在“意识形态”的外表下卖淫。思想并不从根本上使用真正的思想,而是对来自他处的思想做做表面文章,对自己也随心所欲(沃霍尔:“如果能肯定一切都来自他处的话……”)。

问题不在于要给思想随便一种什么积极性,因为其操作过程恰好就是要让现实与合法性失去其存在。而绝对性或许没有其他功能,它只能起到一笔快乐奖金的功能。

一个对外关闭而又对内开放的理论。没有评论,没有前景,没有出路——进去的东西就不再出来(基于同样的道理,要进去是非常困难的)。它不再产出原来意义上的信息——这是意义幻灭的一种诗意形式。这有点像物理学上现象的绝对地平线,这里便是概念的绝对地平线。没有什么再来回应公认的、当今的或哲学的疑问,这里通向另一个空间,一个独特的空间,一个沿内心的轨道作永恒运动的空间——这种运动在这个世界中的效果就是造成孤独。

书就在那里,完全就在他的脑子里。在他的心理空间中,在他身上或他的影子中,书不再有竞争对手。它以虚空的力量在那里独自统治着。然而到了这个地步,还剩下什么可以说的吗?必须向明显事实投降:幻想是一种非溶性物质,一种不可能的观念。

或许思想的终极状态就是无序、胡思乱想、碎片和怪诞。因此那又何必在书中安排一个秩序呢？既然我们认为这种意志、这种意图无非是一种自我奴役，那又何必保持它呢？然而还是要把书写出来，因为写作与说话不同，口头话语需要被人倾听，所以需要按事物的秩序来进行，而写作则是事物分裂的场所，是事物的反万有引力之地——在那里，通过语言的力量，万物被推向极端的特殊性。

必须把书写出来；哪怕只是为了将历史的妙语关闭在一页纸上，而书稿完成后又让这一页消失——这样就没有人知道这是怎么回事——总是那种完美的罪行。不过这页纸应该可以还原，并且又不泄漏其秘密，这种散落就是理论虚构的原动力所在。

双胎出生：最大的不幸。

感觉自己超过了一半或者正好只有自己的一半——这就是那些孪生姐妹的命运（吉本斯姐妹[①]），由于她们过分相像，以至于什么都不像。同样的动作，同样的条件反射，同样的躯体，甚至同样的话语。当她们独自相处时，她们便会在社会中从形影不离、蜷曲一团，变得胡言乱语，施行性暴力，只想着杀人或自杀（这些对她们来说都是一回事）。她们最终将带着令人无法忍受的相互影响走进精神病院。然而双胎出生同样也发生在这个口吃的男人身上：是他那个孪生兄弟通过他在口吃，他永远也无法摆脱这个兄弟。

对于所有人而言，这大概就是真正的俄狄浦斯问题。这倒不是要从亲情的三角关系中解放出来，而是要从虚拟的复体中解放出来，从脐带相连的那

---

① 吉本斯姐妹，指出生于1963年的英国双胞胎姐妹琼和詹妮弗·吉本斯（June and Jennifer Gibbons），又被称为“沉默的双胞胎”（The Silent Twins），因为她们无法与家庭之外的其他社会成员沟通。1979年，她们开始了文学创作，作品多讲述年轻男女卷入奇怪罪行的故事。但是两姐妹很快就犯下了包括纵火在内的一系列轻罪，因而被关进了精神病院。1993年，詹妮弗因突发的心脏感染去世后，琼开始能够与外界进行一定的交流，并重新开始写作。

另一个自我中解放出来，这另一个自我对每个个体来说，都是死亡的一个天生的形象。也许正是由于这个隐藏的孪生同胞，这个我们所有人一出生就拥有的虚拟孪生兄弟，所以我们才很难与之决裂。

在电影《孽扣》[1]（《虚假相像者》）中，那个女人试图在梦中吞下那段脐带，以便将她所爱的男人从这种可怕的双胎出生中解救出来。事实上，她尝试着将他再分娩一次。但她没有成功。他更喜欢双胎出生而不喜欢性爱，他更喜欢与孪生兄弟一起去死，也不喜欢女人和诱惑。

我总是能准时到达，哪怕并不愿意这样做。这是一种天命，它建立在一种无懈可击的内在计算上。无论白天还是晚上，甚至在我突然间醒来时，

① 《孽扣》（*Dead Ringers*），1988年美加合拍的电影，由大卫·柯南伯格执导，《虚假相像者》（*Faux-semblants*）为其法文片名。电影叙述了一对变态孪生兄弟，他们分享生活中的一切，但最终却无法逃脱毁灭的命运。

我总能知道当时的时间。心理强迫症吗？没错。然而在我们的文化中，正是时间本身患有神经官能症。从时间就是时间的那一刻起，就再也没有什么正常的办法可以解决时间的问题。无论你提前、迟到还是正点到达，在心理上没有什么比这更正常的了。再也没有与时间保持一种自由关系的可能——除非当时间与空间和速度混为一体时。

从世界结束以后就隐藏着的事物（但在世界开始时事物未必是隐藏着的）。

在大海深处或天空高处经过的事件，如同那些不明飞行物。

“当你为真理揭开面纱时，不要以为真理仍然还是真理。”因此真理并没有赤裸的存在。

当你为真实驱除了幻想后，不要认为真实还是真实。因此真实并没有客观的真理。

当人们去掉真实的外表时，并不能自然而然地找到真实。或许非真实的外表可以？

官腔语言是一种海绵质的语言，它像卫生巾吸收经血那样吸取着思想的流质分泌物。

神经系统的霸权地位肯定会被一个超神经的系统所取代：神经质。

电视马拉松—艾滋马拉松—死亡马拉松—马

拉松，这些都是贝纳通[①]的卫星公司，况且贝纳通公司也带着它们一起打造广告。

随着速度的加快，整个系统变成了离心系统。因此对离心率来说没有任何功绩可言。但在此同时，这种离心作用创造了一个静止的中心区域，一个零重力眼，这个眼在某种程度上保留着外围粒子的反向记忆。在这个盲区中，各种定律都颠倒了过来。Everything makes sense in the reverse.

人是一个被夸大的生灵，他给世界带来一种悲

---

① 贝纳通(Benetton)，意大利成衣公司，成立于 1965 年，主要生产针对年轻人的休闲服装。“电视马拉松”(Téléthon)是一个每年举行的募集资金活动，通过电视转播，所获资金用于研究治疗疾病。因其播出时间往往长达数小时，所以取“马拉松”(Marathon)的“-thon”加上表示“电视”的前缀“télé-”而构成节目名称。“艾滋马拉松”(Sidathon)是同类型的节目，不过筹集的资金专门用于艾滋病(法语里称“Sida”)的研究和治疗。“死亡马拉松”(原文为“Thanaton”，应为“Thanathon”之误)似为波德里亚杜撰之词。法语里“-thon”的发音与“Benetton”中的“-ton”一样，作者在这里玩了个文字游戏。

怆的夸大。我们应该估量一下这种夸大所导致的客观痛苦——那些受苦事物的痛苦，就算不存在，但至少我们是肯定存在的。因此禁欲教育并没有在人类痛苦的回避上起什么作用，倒是在强加给世界的痛苦的回避上占领了顶峰，这种痛苦是我们那夸大和多余的存在所导致的。

秘密情报处是世界上最为玄妙的东西。广告则是世界上最为明显的东西。它们的共同点就是，人们永远也没能指出其中哪一个有任何一种效能。

《被她的单身汉们剥光衣服的新娘，甚至》[1]——预言性的标题。在跨政治、跨性别、跨美学的机械力学中，所有有欲望的机器都变成单身的

[1] 《被她的单身汉们剥光衣服的新娘，甚至》(*La mariée mise à nu par ses célibataires, mêmes*)，法国画家马塞尔·杜尚(Marcel Duchamp，1887—1968)的一件作品，又称《大玻璃》(*Le Grand Verre*)。

机器……

在每一次长途旅行中,保护记忆的臭氧层都会散成细丝,就像平流层里的云层,在喷雾和牛腹胀气的作用下散成雾气。窟窿在渐渐扩大,所有回忆都从窟窿中逃向外层空间,预示着虚空向周边扩散的大迁徙——即我们生命的每一个原子所关闭的虚空,那个推向死亡的外部边界的虚空。

清洗是这个世纪末的首要活动——对一段肮脏历史的清洗,对肮脏金钱的清洗,对腐朽良心的清洗,对被污染的陆地和海洋的清洗。所有的洁白最终都令人十分怀疑。白色人种自己的洁白看上去也不过是种族清洗的洁白罢了。

从今以后，一切都不用经过真实生活的事件就直接进入文化遗产。而事件甚至都不用发生就可进入历史。而艺术并不需要经历一部作品的命运就直接进入博物馆。一切都不用经历时间的地质层就会一下子变成化石。

由于预见是未来的记忆，当一切都变得可见时，便不再有什么可预见的东西了。

今天人们正在为露西[①]庆祝20岁生日——当然她真实的生日应该从她作为化石出土之日算起，从她在古生物学上的复活之时算起。科庞一下就成为了她的"父亲"。他的第15万代祖母(以代数

① 露西(Lucy)，1974年在埃塞俄比亚哈达尔阿瓦什低谷发现的南方古猿化石的代称。在很长一段时间里，320万岁高龄的露西一直被认为是人类的祖母。因为这项发现，发现者之一伊夫·科庞(Yves Coppens)被媒体称作"露西之父"。

计算)成了他的后代。并不是所有人都有机会依靠自己的女儿而拥有如此成功的职业生涯。

人们不禁要问,在与这些史前死尸化石的交媾中,对众多美得无法真实的事情来说,是否每次都会有人给我们背上添个小孩。

性别歧视的至高点是将另一个性别看作一个不同的物种。这就是激进的女权主义(féminisme hard)的目标:一个清除了男性种族的世界。同样的情况正好相反,其目标就是"无妇女的世界"。另一种性别的根除则建立在对同性恋或姐妹恋、孪生和乱伦等进行清除的基础之上。

另一种趋势则是在权力地位中排挤男人。由于最重要的男性位置可能没有被占据(鉴于男人可能已经消失),女权主义者只得急急忙忙去占据这个位置,结果她们自然就落入了权力空白本身这个圈套中。同样,由于政权已经被掏空了物质,左翼政党急不可耐地去抢夺,便立刻在虚无中灰飞烟灭。

科幻小说有两种类型：一类是神奇和浪漫的小说，在其他的世界中做游戏；另一类则是发作性的小说，它推论出一个细节，一个典型的特征，通过严密的逻辑从中揭示出怪诞或极端的效果。比如巴拉德的《八面来风》和《撞车》，还有扎米亚京[①]的作品等。

对任何一个因素的删减也可以成为虚构的动力。在《无妇女的世界中》就是这样，女性角色的淘汰成为了无可挽回的局面。然而我们可以想象出一个没有人、没有动物、没有云彩、没有景象、没有梦想的世界：每种假想都可以杜撰出一个美好的虚构故事。想想乔治・佩雷克[②]的小说《消失》，整本

---

① 尤金・扎米亚京(Eugène Zamiatine，又作 Ievgueni Zamiatine，1884—1937)，俄罗斯作家。代表作为反乌托邦的讽刺科幻小说《我们》(*Nous autres*)。

② 乔治・佩雷克(Georges Pérec，1936—1982)，法国当代小说家，作品有《物品》、《沉睡的人》、《消失》等。

小说中没有 E 这个字母；或者想想彼得·施莱米尔[1]，那个失去自己影子的人。设想一个没有真实、没有真实原则的世界——剩下的只是一些虚拟的极端，虚幻的极端。这多少也是《完美的罪行》一书的主题。

整个艺术就是用一种双重分离的策略，用双重恫吓，用双重指令的无法解决的两难命题来替代我们文化的双重约束。这是一种双重分离的策略，与其在一种或另一种情况下成为输家，你不如在两种情况下都成为赢家。孩子们就懂得很好地运用一种双重策略，以便对他们有利，而不论指令如何：讽刺性赞同，伪装的否定，无用的谎言，多余的忧愁——结果最终还是父母们陷入了双重的约束。

---

① 彼得·施莱米尔(Peter Schlemihl)，出自法裔德语作家沙米索(Adelbert von Chamisso，1781—1838)的中篇小说《彼得·施莱米尔的奇特故事或出卖自己影子的人》(*L'étrange histoire de Peter Schlemihl ou l'homme qui a vendu son ombre*)。该作品描写一个出卖了自己影子的人的遭遇，既富于浪漫色彩又深刻反映现实。

按照同样的模式，整个理论的艺术就是展示两个同样都真实但又自相矛盾的假设：一种既幸福又反常的状态——自动解决的状态，这是世界对思想进行报复的内在的正义。

女人应该在公共场合保持一种害羞与矜持的光晕。因此就有了这种时尚，即年轻姑娘们在街上行走时都把两臂交叉放于胸前，仿佛她们刚刚领受了圣体；或者将双臂交叉放在双肩上，就好像她们在相互拥抱一般。假如是一位男士双臂交叉在街上行走，那人们会怎么说呢？

领事馆的头头们共进晚餐。没有一位女士参加。人们会以为这是一次黑手党聚会，或是共济会总会的会议。不过毫无疑问，一次没有女人的首脑聚餐总比一群没有头脑的女人聚餐要强得多。

三种要素相互平衡：一种乡村的无意识，一种城市的潜意识，一种世界性的意识。

急躁是一种千禧年的冲动，它渴望结束的迫切性。然而在今天，在时间被实时操作废除了的所有地方，已经不再有任何的期限——既无即时也无延期。然而焦躁并不因此而感到欣慰：由于再也没什么可以吞食，它就吞食真实遗留下的一切。

不再有任何东西可以保护现实的场景。不再有任何东西可以保护我们免受虚拟物的猥亵（信息的猥亵，透明的猥亵，等等）。我们不再是现实的演员，而是虚拟物的双重间谍。

各种事实无须千真万确。不论世界是这样还

是那样,不论在拟真的作用下它是否倒塌,都不会改变分析中的任何东西。“真实”的事实是理论想象的根本——然后它就无足轻重了。无论怎样,真相只能偶然发生在理论空间中,而在任何理论空间中,都不可能存在核实的可能性。

不道德行为总是要提前推出必要性的彼处,并在这种必要性的基础上建立秩序和道德,它将现实和理想混为一谈,或者将体制与其理想混为一体(这样就有了红场上的游行:“在我们苏联人人都很幸福!”),而且通过过激行为,如尽量花钱,大肆挥霍,违法乱纪等,表明他们人人都资源过剩。然而,这种局面如今已经过时,因为这种情况太多了。这种过剩禁止我们有任何主观的不道德行为。如今风行的是客观的不道德行为,是那些体制的不道德,这些体制什么都不缺,而且我们也无法与之对抗:这种不道德要比我们的不道德更为彻底。在一种过于人性的演变的尽头,我们与大自然和动物性相逢。大自然和动物性在客观上是不道德的，因为它们什么都不缺。

对某些人来说，思想耗尽在自己的参照中，自己的历史中，自己的家谱中，自己的文本性中——就如概念耗尽在自己的字面意义及词源生成中。不过思想与其他事物一样，都是一些现象，而现象法则对它们来说完全适用。正如应该在没有预先设想的思想下抓取现象那样，必须在没有预先设想的现实下抓取思想，既不要先于思想的现实，也不要源于思想的现实。

我险些在印度做了一次关于千年结束的讲座，我忘记了一点，即印度人根本没有我们这种线性计数法，也没有相同的时间观。然而，他们究竟是如何解决的呢（因为他们同样生活在一种通用的时间里）？难道没有将一种时间概念转换成另一种时间概念的兑换率吗？就像外币兑换那样。在各种时间概念之间难道就没有形形色色的投机行为吗？

我前往伦敦推介《象征交换与死亡》[1]的英文译本。我的肾在那里出了毛病（肾绞痛）。我想起上一次犯病是在15年前，那是在图宾根[2]，我去那里推介《象征交换与死亡》的德文译本。绝妙的巧合，找不到任何解释（作这种分析毫无意义）。而最终在身体这种出乎意外的疏通中感受到一种欣喜若狂。人们以为可以让身体做任何事情，然而它只是对大脑起作用。

我既无勇气也无仇恨，因而也毫无个性。假如

---

① 《象征交换与死亡》(*L'Echange symbolique et la mort*)，让·波德里亚的代表作之一，初版于1976年。

② 图宾根(Tübingen)，位于德国巴登-符腾堡州，是一个历史悠久的大学城。

我拥有其中这个或那个特点的话,我就会对成千上万的没用的东西作出强烈反应。因此这是一种哲学的形式。

我很喜欢浪费时间,但并不是别人让我浪费时间。面对算计好的缓慢,即使是环境强加而造成的缓慢,面对我们某些同代人提炼的有如永恒病毒的厌倦,急躁喷发而出——最终会引发一种恶意。

奴颜屈膝是强权的燃料,而自负便是强权的润滑油。

伦敦一家餐馆中,与一名克格勃间谍一同品尝着温温的牡蛎蘸鱼子酱。

有人说馈赠是不可能的事。人们永远不会毫无所得地放弃。但是谁说馈赠是免费的——除非是在基督教的唯心论或经济学理论中？这种批判本身就是一种馈赠的理想主义观点，是一种关于同等和算计文化的观点。在某种更为彻底的人类学中，馈赠则完全是另外一回事。它是一种双方决斗的对抗关系——一种特殊的和无对等物的形式。在这种绝对形式中，即如今至少还在调节着我们双重激情（且不说双方交换）的形式中，不可能的不是馈赠，而是交换。馈赠，它不仅是可能的，而且是必然的。它是不可能的交换的形式本身。

假如单方馈赠是不可能的，那么反过来，单方接受的可能性问题则丝毫没有解决（同样的悖论是，只有一个词与另一个词的意义不同，而另一个词与该词的意义相同）。

是否有这样一些人，他们可以不受惩罚地接受，不需任何交换物——因为他们自己在某种程度上就是最直接的、活生生的交换物？是否有人能够自给自足，以至于不需要付出，也不用回赠。可是谁能够回应我们那不可告人的欲望？我们怎么能从一个不需要我们的理想生灵身上得到这种欲望？人们可以根据这一事实去依附一个人，即他不能给你任何东西，他不能馈赠你任何东西——他只能给你一个存在的事实，这就相当不错了。一个纯粹的生灵，没有相互性。一个没有对跖点的引力中心。这可能吗？这里难道就没有一种人类牺牲的形式吗？

如果真理和现实明显只能来自主体及其意识，那么与之对立的幻想就应该来自他处。应该来自客体的世界，来自主体以外某个其他事物的世界。幻想如同丰富的物品，它们都来自外界。

要反对神学对邪恶的定义，所有现代的意识形态都承袭了这种邪恶，并将其封闭于唯心论的恶性循环中。必须捍卫一种关于邪恶的善恶二元和对立的形式，一种关于邪恶的天才性和独特性的形式，一种不可调和的异端的形式。或根据莫比乌斯①的某种拓扑学，是一种相互具有可逆性的形式，而事实上这种拓扑学就有可能是一种更为激进的异端邪说。

滞后效应。

那些还在继续投票的人们，而候选人已经不复存在。

那些还在观看电视的人们，而那天电视台正在罢工。

那个截肢以后仍然还在疼痛的幽灵式肢体。

那个每天早上仍然赶往工作地点的失业汉。

那些仍然固执地凝视艾尔斯巨石前日落的日

① 莫比乌斯(August Ferdinand Möbius，1790—1868)，德国天文学和数学家。他将纸带一端反转 180 度与另一端对接，形成一个只有一面的奇妙的环，后人称之为“莫比乌斯环”。

本人,而那天根本就没有太阳。

那个继续在假想钢丝上走步的杂技演员,直到他意识到这一切而跌入虚空。

那个自以为还是主体的主体,而它已经消失了很久。

悔悟的左翼分子,萎靡不振的左派,由人道主义回炉的左派,寡妇和孤儿的人工授精师,现实中的孤儿和政治上的疑病症患者,后历史的早泄患者,还有意识形态和道德的死亡躯体的超疑病症(hypercondriaque)。

他为每次重新穿套头毛衣时都得翻过来而大为恼火,决定一脱下就把它翻过来。合乎情理,不是吗?是的,但这个决定并不会让穿衣时要自动翻衣的决定消失,他必然又会看到毛衣还是反了。两难命题:怎样才能使行为合乎理性而又不扰乱其习惯性的动作呢？而面对失败，倘若我们决定放弃新的做法，那事情还会更糟，因为旧的做法也会因此而错乱，因为它再也不是自发无误的了。这种所创造的情况变得更为复杂。教训：所有的衣服都应该是双面可穿的。思想也一样，以便能在任何方面都合适。

微笑那无声的高潮……

懒惰的策略，也就是说想逃避对时间进行侵犯的野蛮意志，我们当今的时间受到各种无价值和捕食性活动的侵犯。这种策略旨在拖延这些活动的期限，将活动分散在空间中，就像在贺拉斯兄弟和古里亚斯兄弟[①]的故事里那样，以便逐个地歼灭。

---

① 贺拉斯兄弟和古里亚斯兄弟（les Horaces et les Curiaces），古罗马时期的人物。在罗马第三任国王托里斯·奥斯蒂吕斯（Tullus Hostilius，公元前672—前641）统治时期，贺拉斯兄弟与古里亚斯兄弟分别代表罗马都城和亚尔巴（Albe）进行了一场战斗，最终以贺拉斯兄弟获胜而告终。

另外一种懒惰的形式就是急躁，就是在开始之前就使之结束——这是从另一方面重获自由的一种方式。期待，推迟，暂缓，此乃人性[①]……

任何被干扰的图像（无解码器的增补频道[②]）立即都会表现出色情的价值。想象无法在这方面任幻象自由地驰骋。而那些加密的语言只能激起观众的手淫欲。晕涂法的淫秽最终要比明码信息更具色情味。推而广之，凡是清晰的意义都是反色情的。

从结局的另一面来看待事物——某种程度上为超限的事物。对事物的明了是完全不同的。事件从时间方向的另一边向你走来，从已经过期的期

① 原文为拉丁语“Expectare，diluere，suspendere humanum”。

② 增补频道（Canal +，或作 Canal Plus），法国的一个加密收费频道。

限深处走来。

理论中的各种理念也是这样：人们发现这些概念来自另一个方向，而不是来自逻辑展开的方向，不是来自概念完成的尽头，概念完成同样是它们的结局——就像在一部倒放的电影里那样。

因此，必须在一个事物及其极端的期限之间保持一种平衡，在张力下同时体验它们。因此，必须与体制和体制的那些极端后果同时生活。

一旦不同领域、不同性别、不同种族和物种停止了不可比状态，开始在共同的标尺上评估它们的区别，它们就只能相互估量自己，或相互压倒对方。

进化的现代理论在这里发挥了它的关键作用。

在象征链中没有度量的尺度。没有一个物种比另一个物种更为低下，人类亦是如此。唯有象征的连贯才是最重要的。只有当这些物种变得独立和相互不同（一旦被解放）时，它们才会变得各有区别，它们之间才会自然地有高低之分。正是在“客观”标准的基础上，在通向一种普遍的衡量标准的过程中，才产生了所有形式的歧视。

危险的关系解除。

与死亡母亲关系的无情解除。无情的解脱，必须通过内心的牺牲去补赎——骤然的空虚需要通过一种犯罪感的悄然堆积来填补。因为成功的治丧总是相当于一桩对死者虚拟的谋杀，而治丧的工作本身并非是一种解脱，而是为解放所付出的代价。

此外，不仅要有活人进行治丧的工作，死者也应该进行治丧工作。他们必须放弃生还以求真正地死去，正像生者那样，应该放弃死者以保持自己活着。而死者这么做并不比生者那么做更容易。有些人放弃这么做，另一些人则没有成功：因此死者必须继续打扰生者，就像生者那样，他们要做的常常就是打扰死者，或者以其死者的名义相互打扰。没有相互的和同意的分离，这就是活着的死者们的朦胧状态。

为什么要指责当今政治阶层的没落与衰败呢?好像我们仍然相信当权者的智慧,人们已经确信无疑情况完全相反。人们完全应该开心地欢呼:伴随着与政治阶层自身的默契,我们所有的提前活动都大获全胜!正是这个政治阶层,包括所有的政党,是它们在行使着法律裁决,执行着解散与消失的政令,而这些政令正是我们针对他们通过的政令——是我们,影子中的理论家,镜像中的人民。因此我们就处在这两种状态中,即一边见证这种灾难事件的状况,而且不得不分担集体的耻辱,另一边是这种业已宣告的解体所带来的暗自喜悦。此外还要向密特朗道贺,他完成了一项我们梦寐以求的工作:通过一种死后的清扫,他确保了整个政治体制的深度腐败,整个神圣的左翼受骗,被扫地出门!

反对轻慢、反对大众、反对深度法国的内脏反应。然而还有反对精英、反对等级、反对文化、反对专业术语的内脏反应。是否应该站在愚蠢的大众一边,或是站在狂妄的特权者一边(尤其是当他们的蛊惑性羞辱吃香时)?没有解决办法。

宗教激进主义——这个命定的目标,它是一个不知道信奉何种价值体系的体制所具有的目标——回应它的是西方的原教旨主义,是普世的和强迫民主的原教旨主义,它也同样不那么宽容,因为它并不会更多地承认其他人生存的精神权利和政治权利。

这是自由化的狂热,是对自身价值漠不关心的狂热,正因为如此,就表现出一种彻底的不宽容,即针对那些因某种激情而有差别的人。世界新秩序将消除所有有差别的东西,以便将万物纳入一种没有区别的世界秩序中。

在这两种狂热中,自由的世俗用途还有余地吗?

大学生们举行示威游行，将高速火车堵在昂古莱姆[1]火车站。人流从火车两边涌出，紧挨着茶色玻璃后一动不动的乘客向前走。几声喊叫，几幅标语，还有几声叫骂——然而究竟在抗议谁呢？这好比他们正对着人造卫星吠叫，还以为是在朝着月球吼叫呢。事实上他们朝着高速火车吠叫，就像朝着正在逝去的虚拟现实吠叫一样。因为高速火车就是一种虚拟现实，它正在穿越试管内的法国——是速度的化身，金钱的化身，即所有流通着的一切事物的化身，并且面对着潜在失业者的现实世界。它是时间之箭与一种已经过时的青春之间的超现实主义的较量。

他们能从富人那白皙肤色中得到的一切，无非就是那十分钟的静止，十分钟停留在电视节目的图像中。他们将这十分钟作为礼物，不知不觉地送给那些因速度而背井离乡的人们：偶然的喘息时刻，

① 昂古莱姆(Angoulême)，法国西部夏朗德省(Charente)省会，以一年一度的国际漫画节而知名。

静止和沉默的时刻，是从运动的末日般狂热中夺得的时刻，这些我们只能归功于封锁和罢工了。

新近发现的弓峡洞穴①，美得无法让人信以为真。随即关闭，不准任何人进入，它就像从来没有存在过。保护这些壁画的必要性是合理合法的，但这种必要性与对**虚拟**的流放，与**现实**的最终远离吻合得有些过分。这些岩石壁画，这些化石遗迹，犹如看不见的黄金储备，被封存和掩埋起来，被从现实中减去。这下它们甚至无需存在，而且它们的存在本身也需要担保。相反，这种壁画的增多，众多考古发现的增多却是不可避免的。一切事情的发生就好像矿藏在不断增加，随着需求感觉的增大而逐渐增加。就好像物质消费品一样。一旦需求大于供给（对寻根溯源的集体性狂热，对人类遗迹的

① 弓峡洞穴（Combe d'Arc），又名肖韦洞穴（la grotte Chauvet），位于法国阿尔代什省，以洞壁上美丽绝伦的史前画而闻名。出于保护的需要，该洞穴不对外开放。

近乎动物性的需求，都变得越来越强大)，在拟真中，在符号的强制性生产中，一切都失去了控制，伴随着信誉度的必然降低。

我们“发现”了原始社会、美洲大陆、原子、无意识、病毒。然而这种认识领域扩展的后果却是我们无法掌控的。我们以为靠着科学而无辜地发现了它们。然而它们也同样发现了我们，并且蜂拥而至来到我们的世界中——这是对我们突然闯入它们的世界的公平回报。

原子的报复历历在目。病毒的报复同样触目惊心。野蛮人的报复在世界深处对我们虎视眈眈。镜像中的所有人民也在伺机报复，因为我们曾经扰乱了他们的秘密和相异性。

在我们“发现”它们之前它们存在吗？**无意识**在被发现之前是否已经存在？谁也说不准。但这个没有答案的问题终究无关紧要。重要的是这些东西一旦被发现,它们就绝对不再满足于作为学科知识或者研究对象而存在——它们将以特有的方式,以攻击性方式作出反应,而我们很有可能成为它们的猎物或人质。即使将它们围捕、驯化、平定或者消灭,它们也会像滤过性病毒那样,侵入我们的整个动脉系统和文化系统。与镜像中人民的报复相汇合的还有镜像这边的生灵的报复,还有任何再现和任何相像物这边的报复,即生活在难以捕捉和细小极微中的分子生物的报复——这是一些来自他处的虚拟生物,来自染色体、克隆物、微生物深处的生灵,它们相当于亚人类物种,源自原始文化,并且缓慢地毁灭着西方文化。还有比野蛮人更原始的生灵从镜像的另一边走来,在镜像中,它们更具有——"外星人"的素质,以便从总体上挫败人类种群。没有对付它的权宜之计。我们只能去发现它们,"解放"它们,而它们只能是将我们消灭。整个过程就是如此,这是一种命运。怎样才能不被我们发现的东西所毁灭呢——也许更好,也许更糟?

怎样才能既发现它们又不毁灭它们呢?

不要低估物体被发现的(狡猾)欲望。毫无疑问,一旦某个窗口向认识的领域打开后,各种现象就会蜂拥而至,以便让人们发现并迅速给予解密。它们甚至还会互相竞争,以便取代他人被解密的位置?因此有些人能成功地取代另一个人而得到爱情,利用的是一种并不面向他的开放。

质量是一个变量,是所有社会方程的不可捕捉的变量。一个不可捉摸和深不可测的质量,但它形成了社会的密度。作为权力的黑色物质,这个关键的质量通过自身的膨胀使社会从内部爆裂。

无法计算的质量,没有发生的事件的质量,这些事件创造出一种历史的反引力,去转移已经发生的事件的走向和轨迹。到处都有一种秘密的质量在窥视可见的方程,毁坏这些方程,然而却固执地保持着总体的密度、协调和万有引力。

倘若这个黑色物质不曾存在,我们这个“物质的”天地在很久以前就分崩离析了。此外,如果我们成功地清除了这个物质,这就意味着这是世界崩塌的最可能的期限。

在这个黑色物质消灭的地方,在这个虚空、这个平行世界、这个反向能量、这个对抗原理、这个绝对幻觉消失的地方,现实的灾难便迫在眉睫。清除了反现实的现实就是超现实。它将比现实更加现实,并最终会在自身中坍塌。清除了反物质的物质注定会成为一种熵。虚空的清除将使物质倒向自身。

去掉任何相异性的主体将倒向自身。非人性的清除将使人性陷入龌龊和可笑的境地。

然而问题依旧:我们为什么要捕捉这个虚空?为什么有驱逐黑色物质的这种幻象?人们希望让一切变得可见,实现所有的愿望,硬要表达那些不想被表达的东西。为什么要出土这个唯一能保证秘密继续的**虚无**?为什么有这种不惜代价追求实证性的致命的欲望?

无法解决的问题。然而这个竭尽所有秘密的运动也许自己就有一个秘密的目的地?

关于质量方面,这也许更像是一种关键的频率。

例如信息的频率,我们似乎正在竭尽全力超越这个频率,超越这个地球信息的关键临界,超越信息那普遍瞬间性的临界点,而这个信息会自动导致一种突发性的收缩,一种巨大的嘎吱声①。我们也许在做梦。由于没有把握看到宇宙层级上的效果,我们只好尝试着在一个适合我们尺度的启示录中实现它,并且加大信息的普遍过程的强度,直到实现那个著名的阶段倒转,那时我们就可以得到一个宇宙大灾难的试验性复制品。

常规的科学建立在一种唯一的否定经验的基

① “巨大的嘎吱声”,原文为英语“big crunch”。

础上,以便贬低其他所有的科学(雅克·本维尼斯特就是一例)。然而一门处于"上升"[①]中的科学的运动则恰恰相反:一个唯一的离奇事件,一段唯一的特殊经历,就足以动摇科学的整个常规大厦。只需要水有一次能证明它曾经有过记忆……

对现实来说也是一回事。只需一个混乱的事件,一个神秘的事件,就可以否定常规的显见事实。例外并不证明规则,而是让规则充满缺陷。况且还得知道例外在什么地方。在道德范畴内,那就是痛苦的例外:一个唯一的死亡事件(一个儿童的死亡——陀思妥耶夫斯基)就会动摇世界的秩序。然而为什么不这样看待问题,即根本的规则就是痛苦的规则,而任何幸运的事件都会动摇这个规则。真正的乐观主义难道不就是要把世界看成一件根本上消极的事件,然而它又附带着许多幸运的例外?一个时时处于失败威胁中的理想世界?一个无论如何注定要走向死亡的理想世界?而真正的迷信

① "上升",原文为英语"in progress"。

不就是将痛苦看作一个理应消失的例外么?

如今我们根据现实与理性的思路来评判所有事物。但是我们也能以同样的力量和理性让这些事物参照一种非理性的思路——只需颠倒视角,只需参照一种不吉利的超验就行,而不需参照天意的定夺。如果人们这样想,每次不幸都可以根据痛苦的一种超验秩序来证明,那就不会太失望。

这就是一种极端乐观主义的规则。应该将痛苦变成游戏规则。只有这样,例外才能变成幸福的例外。喜悦才能变成命定的喜悦。无论如何,从一种不可能的真理的角度来看,两种假设相互都是(不太)合乎情理的。不过痛苦的假设有个好处,能够将不合法的特征归还给这个世界。另外,它还赐予善良和幸福一种新的威信:一种奇迹式例外的威信。

《侏罗纪公园》[1]那神奇的最后一幕,克隆的新恐龙践踏了博物馆,大肆毁坏了它们那化石的前辈——我们这个物种比较得体的提前毁灭,被卡死在恐龙化石和克隆恐龙之间。

人类种群的问题,就是一切都从被人看见开始,甚至被自己的眼睛看见。由于人类对世界的虚拟控制,还有他作为物种的彻底成功(?),他的进化不再重要,倒是他的消失变得更有意义。正是在这里,恐龙将庆祝它们那举世瞩目的回归。我们通过恐龙的介入,开始与我们物种的灭绝相互调情。我们以这个唯一物种的形式将自己投射到过去中,它们的统治曾经与我们的一样是彻底的,独一无二的,却奇迹般地消失了。

我们知道各个物种都是要消亡的;但是我们从来没有真正考虑过自身的消亡,因为我们深信我们不仅是最后一个物种,而且通过我们的强大力量产

① 《侏罗纪公园》(*Jurassic Park*),美国电影,由史蒂文·斯皮尔伯格导演,1993 年发行上映。

生了免疫力。然而，与其梦想一些外部的大灾难，如宇宙灾难、地震、气象灾难等，不如推测，恐龙们正是根据一种内部的灾难程序而消失的——正是由于它们强大的力量及体系到达顶峰后的颠倒。没有任何东西说明我们不是在精神上和生理上都被编了程，将走向同样类型的内部消失，这将是我们强大力量的合乎逻辑的后果。没有任何东西说明我们不在梦想着这种消失。在任何情况下，我们都在心甘情愿地通力合作。

因此，从某种程度上说，恐龙就是我们的消失在过去的典范。不过我们会在将来具有另一个典范。我们通过机器人和克隆物的介入与技术的不朽相互调情，这与我们作为物种的消失正好吻合。物种的遗传变形，对世界的技术性造假，未来无数的赝品，它们就是我们在未来中的体位，其虚拟的维度有可能是千年结束的维度（也有可能是第四纪结束的维度）。我们正在实时中玩弄的东西就是我们在虚拟中玩弄的消失。这也是说，我们甚至都发觉不了这一点，因为在聪明的计算机技术的帮助下，程序的寄存会自己自动消失。虚拟的生灵已经比比皆是。正如博物馆中的恐龙成了它们克隆恐龙的牺牲品，我们也成了处于虚拟生灵包围中的化石人。但是经过戈斯[①]那既天真又神奇的假设的审视，这《侏罗纪公园》的最后一幕将更加精彩，因为在戈斯看来，化石恐龙已经是一些克隆恐龙，是一些人造的生灵，它们出生于上帝在后来进行的物种起源的拟真。

社会学、符号学、马克思主义、精神分析——所有这些都是遗体的组成部分。不同学科的专家们相互分抢着一个正在腐烂世界的遗体。选后分肥制[②]。失业者和社会劳动者分抢着一个正在腐烂的社会劳动力的遗体。数字抽象的专家们相互分抢

---

① 戈斯（Philip Henry Gosse，1810—1888），英国博物学家。在其著作《脐——揭开地理症结的尝试》（*Omphalos：An Attempt to Untie the Geological Knot*）中，戈斯提出，化石并非进化的证据，而是上帝在创造万物之后放置的，以使得人们相信地球诞生于极其遥远的过去。

② "选后分肥制"（Spoil system），指西方社会中获胜政党将重要公职委派给支持者的一种制度。

着一个正在毁灭的现实的遗体。就这样，意义的还俗者、劳动的还俗者、现实的还俗者越来越多。

自杀将是一种完美的罪行，因为谋杀者和受害者为同一人。不过说到底，这只是更为普通的规则的一个特例，普通的规则才是罪行的本质，就像任何激情或任何极端的情况那样：主体和客体都混淆在一起。

不久后，正是对主体和客体的区别才成为例外。

我是否完全抹掉了这本书的痕迹？消除了这本书的后果？我是否达到了让别人无能为力的境地？取消了任何给书本一个意义的微弱愿望？我是否到达了对这种**虚无**的继续？在这个情况下，我成功了，我让这本书变成了制度想要让现实变成的东西——即人们既不知道拿它作何用，又不知道怎样摆脱它。

抹掉自己的踪迹让你变成一名罪犯,即使你没有任何自责的地方亦然。

不存在现实的尸体,这是有原因的:现实并没有死亡,它只是消失了。

如果说书本结束了现实,就像人们结束马匹那样,然而书本的现实留下了。如果说信息杀死了事件,然而信息的现实留下了。是啊,然而这个信息的现实是虚拟的现实。至于书本的现实呢,这确实是一个现实吗?书本既不是一个真实的物品也不是一个虚拟的物品。它不响应任何的核查协议。正是在这个唯一的意义上,书本是有必要的。在当今情况下,绝对有必要有一本书,有一个难以认定的物品——绝对有必要复活任何一样东西,如手势、言语、面孔、事件等,或一个既脱离现实又脱离虚拟的灾难。

艺术在过去是现实的诗意变形。哲学在过去是概念的诗意变形。而现在需要诗意地变形的东西,那就是这一切的消失——现实,概念,艺术,大自然的消失,还有哲学本身的消失。

罪行希望在不断完美自身中,即不可见状态中暴露自己。同样,书本也想在没有任何东西可说中让人听见。每样事物就这样梦想着以它的反面形象表现出来,但又不停止是它自身。甚至连善与恶也在它们孤独的深处相互梦想着。

过去,罪行竭力想在不被发现中犯下。如今,罪行如果不能暴露，它就不怎么想犯罪了。它会趁机发明一些痕迹。这正好是完美的罪行的反面。

书本、罪行和完美之间的三元循环规则。如果书本并不完美，它就不再与它想写的罪行相当。只有当书本自己成为罪恶之书时它才能完美。但是若没有写它的书本，罪行自己也就不能完美：它自己并不能让自己完美——而正是由于它不完美它才需要有一本书。这一思路是错综复杂的。

这本以虚假方式反对完美的书，它同时还设法永远不让自己犯错，这一点可是完全矛盾的。由于书本与根本的规则相左，所以它既不能在现实上又不能在真相上投机，而只能在显见事实上做文章。它想成为显见事实本身，正是在这个意义上，它几乎不情愿地陷入了完美的境地。

不可能同时给世界和它的替身分配位置——但谁也不知道最后谁说了算。

从客观的无意义来看，即从世界的无意义来看，所有我们对于无意义的主观的微弱愿望，我们对于无意义的感人的意志，都显得非常滑稽可笑。

现实的真切与政治事件的状态一样让人无法接受。

事实的真切与世事不公或贫困一样让人无法接受。

现实的丑闻、现实合法性的丑闻与道德法律和官方秩序的丑闻相等。

现状之所以成为现状，正是现实和对现实的迷信起着至关重要的作用。

如果不直接伤害现实，人们就不能改变政治现实的任何东西。

是什么东西让混乱的中心出现了某些不可战胜的选举亲和力?这是一些奇怪的吸引物。

然而,是什么东西让秩序的中心出现了某些不可克制的厌恶和无法抑制的消极反应?这是一些奇怪的诽谤物。

幸福的好处,就是摆脱了幸福的问题。自由的好处,就是摆脱了自由的问题。

一切正是从这里开始:那些仅以问题形式存在的概念却表现出答案的形式。这就是一个循环的结束和一个新苦恼的开始:怎样找到答案后面的问题——怎样在幸福的后面找到幸福的念头?

四个关键的功能，它们与四大元素[①]一样至关重要：性生活、社会性、观念化、荣誉。或者：快乐、言语、思想和威望。

四大功能中任何一个功能的丧失，都将导致惊恐和死亡。

正是由于急躁，我才对其他人在某种外语中说的话不知所云。正是这种理解的急切，让我甚至都不听他们说话。不过我就能更自由地谈论事情。

因此，当我不能与人交流时，我就能表达得更加清晰，当我不能说话时就会写得更加精彩，当我不能写作时就会思考得更好。

群众就是完美罪行的社会等价物，因为它没有

① 四大元素（quatre éléments），古希腊哲学的概念，指水、气、土和火。

主体,没有客体,没有信件,没有收信人,没有痕迹,没有动机。如果说它没有目的性,也没有欲望,那是因为它的整体就是它自身的主体,它自身的客体,它自身的材料,它自身的犯罪者(库尔尼埃[①])。

(加在当今社会中的)梅毒与焦糖。

他说:我吻了她。

她说:我与他接了吻。

在一种(男人)情况下,动词是及物的——有一个直接宾语。在另一种(女人)情况下,动词是不及物的——只有一个方式状语。这就完全证明里面没有两性关系——不像他者所说的那样。

她也可以说:我让人亲吻了。这里面的被动味

---

① 库尔尼埃(Jean-Paul Curnier,1951—),法国当代作家与哲学家。

倒不比造作味更浓，因为如果说她是“亲吻”的被动对象，那她也是“让人”亲吻的主动主体。是她（自己）让人亲吻的。“让人亲吻”相当于“让人相信”或“让人有价值”。从某种程度上说这是一种方式方法，它指明动作将指向自身，为自己而做，对自己有好处。与这一切相对的，那就是两人的对立，既可以是两性意义上的对立，也可以是语法意义上的对立：既无主语也无宾语，没有主动态也没有被动态，没有单数也没有复数。阴阳性对立、单复数对立、语式对立等已经过时——解决两性和社会问题的唯一办法。

有些女人享受着快感却不知道。另一些女人没有快感却假装有快感（她们最终会以享受拟像快感而告终）。女性快感的不确定性位居性欲幻想的中心。女人会作好安排，可以满足于做游戏而不享受快感——尤其是在快感范畴内，真与假不再有任何定义。男人是真实的，与阴茎勃起的现实有关，无法假装快感效果（欲望只可能是虚拟的，而勃起则是现实的）——女人则不太与任何现实相关，充其量只与她的性伴侣有关。因此她与幻想、游戏和拟真更加接近。从男人和女人没有相同的现实地位这一点出发，快感肯定就生成了，而且得到了大大加强。不过从这一点出发，也就不会有两性关系。

要反对对“客观”现状的“客观分析”（社会学的低能！），应该看到，人们只能更好地思考和谈论人们还没有经历过的东西，即人们还没有因生活经历而耗尽想象的东西——同样，要真正爱上一个女人，那就不能因享受快感而耗尽对她的想象。

对一个客体的真实思考，总是通过对其现实的否定，通过抽象而进行——不是通过对其方法的否定，而是通过该客体本身来进行，即通过一个跨客体的形式，而这个形式会蔑视客观性。在这个意义上，任何思想都是一种欺骗。它谈论着它所不是的那一面。这就是伟大的游戏。如果我谈论游戏，而自己又不是游戏者，这正好是一个游戏，恰恰要这样我才是一个游戏者（他永远也没有游戏本身那么伟大）。

必须捍卫有毒气室这个历史现实，把它当作一项道德事业来进行，必须通过某种政治介入来捍卫“现实”，这一事实就足以证明一种变化，即历史的真相与客观性的混乱已经改变了基调。问题是：为什么需要为真理而辩护以对抗否定主义者？为什么否定主义者会提出他们的问题（而这种问题在其他时期永远也不会提出）？

如果我们花点时间思考一下，如果我们不满足于意气用事而拒绝的话，否定主义者的说法是很有趣的。否定主义者完全没有道理的地方，恰好是他们否定种族灭绝这个历史事实。在历史时期中，事件已经发生了，其证据确凿。然而我们现在处于实时中，处于不再有任何证据的实时中——种族灭绝永远也不能在实时中得到核实。因此否定主义在其自身逻辑中就很荒谬，然而它正是通过这种荒谬性表明了另一个维度的出现，另一个时期的出现，这个时期反常地被称为实时时期。在这个实时中，客观的现实恰恰已经消失，不仅是现在的事件已经消失，而且过去的事件也已经消失，甚至连将来的事件也已经消失——消失在瞬间性中，以至于任何行为或事件都无法找到真正的原因和延伸痕迹。历史无法从中得到反映。实时是一种黑洞，在那里，任何东西未经去实体化（désubstantialisé）都无法进入。种族灭绝的集中营在那里变成了虚拟的东西，只出现在虚拟的屏幕上，而所有的证明、大屠杀、犹太人浩劫等，既不以他们的意志也不以我们的意志为转移，都陷入了同一个虚拟的深渊——图像和事实的历史都只存在于它们存在的时期，事情就是这样。这并不是说那些证明本身，那些电影没有真诚地为这种不可能的记忆作过贡献。真实的种族灭绝注定要遭到另一种灭绝，一种虚拟物的灭绝。这才是真正的最终解决方案。

因此，否定者的说法在提出来的时候是不能被真正地否定掉，因为所有一切，我们所有的人，包括那些反对这种说法的人，都自愿或被迫处于一种时间中，在这个时间中，已经不再有客观的依托。这种说法只能被一种镜像中的否定所否定。这正是这种说法的胜利所在——但实际上这又不是它的胜利，而是实时面对现时和将来的胜利，是面对现实的任何逻辑关联形式的胜利。

将来也不再在实时中得到保证（这曾经是“2000 年将不会到来”的意义）。人们又回到贝克莱①的假设上，即上帝时时刻刻在创造全新的世界——否则，持续性将会消失，世界也将解体：在瞬

① 贝克莱（Georges Berkeley，1685—1753），爱尔兰哲学家，作品有《人类知识原理》、《视觉新论》等。

间之后，任何东西都不再具有意义。正是在这一点上，我们与实时才有一点点关系。

荷尔德林[①]的诗歌在哪里？美酒的温暖山坡在哪里？

"Jetzt aber sitz'ich unter Wolken (deren

Ein jedes eine Ruh' hat eigen)..."

众神已经从那里被赶走。他们的幽灵飘游在后现代性的沙漠中。如果说后现代性在某个地方出现，那么这正是完美罪行的化身。

"... und fremd ercheinen und

gestorben mir

der Seeligen Geister."[②]

---

① 荷尔德林(Friedrich Hölderlin，1770—1843)，德国浪漫主义诗人，作品有《许珀里翁》(*Hyperion*)等。

② 本小节中的外语皆为德语，出自荷尔德林的诗句，分别翻译如下："此刻我坐在云彩底下(朵朵云彩都显得安详)……"，"……只感到逝者的灵魂陌生且已死亡"。此为荷尔德林《年岁》(Lebensalter)中的片段，译文参照《荷尔德林诗选》(顾正祥译，北京大学出版社 1994 年版)，稍有改动。

报告厅里,当我发言时,飘荡着一种不理解的迷雾,活像一个灵媒的影子。它从在场的人的头脑中散发出来,就像清晨寒冷中奶牛呼出的雾气。需要用刀来切割的大脑的呼气,在这种呼气中,词语通过产钳的活动开辟一条通向反常现象的道路。

卢森堡公园里的那尊雕像[①]对我有无限的诱惑力:那是一位裸体的姑娘,斜靠在一块方尖碑上,左手拿着一个奇怪的物件,优雅地指向她那成熟的私处——这一切无疑是纪念那位阿尔萨斯的人类施恩者,他的浮雕装饰着纪念碑,奉献出本世纪末特

① 卢森堡公园位于巴黎第六区,众多雕塑散落其中。这里的雕像指的是法国雕塑家朱尔·达卢(Jules Dalou,1838—1902)的作品《奥古斯特·舍雷-凯斯特纳纪念碑》(*Monument à Auguste Scheurer-Kestner*),下文的裸体姑娘象征着真相。舍雷-凯斯特纳(1833—1899),出生于法国阿尔萨斯的米卢斯(Mulhouse),化学家、工业家及政治家,曾任法国参议院副议长。在当时的法国政坛,他是正义与平等的楷模,德雷福斯案件发生时,他是少有的为恢复德雷福斯上尉的清白而努力的政治人物。

有的一种天真和猥亵的寓意性混合形象。这个年轻姑娘的雕像，我每次穿过公园时都会看到它，它总是让我赏心悦目。那一天，我觉得她好像在生理上有所变化，好像发了胖，不像从前那样尚未成熟，此外，她好像不再洗澡——已经被人忽略。在我的目光下（我是唯一还看她的人）她是否变得更为成熟？雕像的神秘感，人们以为它们对自己的身体无动于衷。这位少女在变成女人后，是否会开始流经血？所以在她纺锤形的手指间的奇怪物件才有某种用途。这位“克莱斯勒”大夫①是否就是止血带或自慰器具的发明者？

性生活不知不觉地结束，正像它不知不觉地开始一样。性生活从前是在梦中被唤醒，然后才到达现实中，如今它最终回归到幻影中，回归到对最初

---

① “克莱斯勒”大夫，或指莱昂·克莱斯勒（Léon Kreisler，1912—2008），法国儿童精神分析学家，儿童心身症（psychosomatique）研究的先驱。

性物品的想象中——就像拜物教回归到最初的周边物品上那样。

既然人们花费时间去享用生活，为什么不能像章鱼那样，将自己浸入冰冷的凉水中，然后无怨无悔地去享受一种感官的快乐呢？冰冷的洗礼，身体在清晨的祭礼，这是对整个一天的免诉。

在这些喀斯特岩石的脚下，在充满讽刺性清新味的峡谷中，旅游线路两旁都安放了许多大理石凳，铺设了水泥裹尸布，安装了野餐桌——所有城市的无耻行为和空间卖淫的符号。

这就是对任何冲突、任何社交界竞争进行免诉所带来的宁静或不宁静。正是在这个宁静的边缘中，所有焦虑的动机在此避难，人们看到它们出现在完美安宁的边缘。但这是一种犯罪的安宁，一种反向的焦虑，是心理上不可降级的焦虑，是不合理性的和动物般的焦虑。这种焦虑并不来自心理的无意识，而是来自身体，来自遗传生物的深处，它只能通过身体的筋疲力尽得到解决。

卡塔尔教徒，他们已经像恐龙一样虚拟地消失了，现在却像克隆人一样重新冒了出来。他们走进博物馆，遍布旅游线路，住进整修过的城堡，进入信息化的档案——最终无疑会进入卡塔尔教徒的DNA分子链。这些分子是从卡塔尔教徒的骨骼化石中提取的：从一小段遗传密码出发，人们可以像制造恐龙和细菌那样，重新制造卡塔尔教徒。所有消失的东西的命运，那就是《侏罗纪公园》。

在这个狂风不断、干旱连年的国度，当所有的元素混合在一种无法区别的肝脏色的光线中时，沉默的湿润将是一个伟大事件，这种对光线的区别已经不是通常的区别方法。所有的风都停了，上苍之火淹没在浓雾中。人们甚至不能根据传说来聆听小草的生长。盛夏中的一个秋日，天一直未亮，白昼却一直持续着，直到晚上十点。

当白天降临时，夜晚也同时降临。真奇怪，不是吗？这里有一种无意义，它可以就语言的语义混乱对我们提出警告。

为什么夜晚不可以像白天那样有权力自己升起（同样，也没有词语表达它的结束）？然而夜晚还是升起的。有一些夜晚，人们看着它们升起，从地平线的深处扩展开来，像一个天体渐渐侵入空间，从大地的表面呈上升运动。而那些物体任它们的光亮慢慢流失，重新凸现在一种全新的形式中，进入它们夜间的本质中。然而对我们来说，夜晚和痛苦都没有特有的本质。

大陆分水岭①。

在科罗拉多的某个地方，有一条神秘的分界线，河流在那里分开——有些河流流向大西洋，另一些河流流向太平洋。再说这是一条完全想象的界线，就像将过去与未来分开的那条线一样，我们称这条线为现在——两种时间的维度也注入并消失在其他的海洋深处。

在人类身上，相互分流的就是思想，而不是河流。思想就像大陆上的水流，突然倾泻而下，以完全无法预料的方式流向相反的方向，最终注入并消失在某个无人称的海洋中。这样，发源地最是接近的思想最终会相互离得最远。

正是在同样的想象线上，在同样的不可见的山脊上，左翼与右翼、男人与女人、善良与邪恶、各种相互不同的语言在此永远分道扬镳。如果说世界

① 原文为英语“Continental Divide”，指大陆表面的分水线，其两侧的河流分别注入不同的海域。也常用以特指北美的大分水岭。

没有中心，那么相反，世界最初总是有这么一条分界线，一条由大自然勾画的分界线，它所创造的不仅仅是一种差别：而是一种终极的分离。这就是说在某个时刻，相互分离的不仅仅是事物本身，还有事物的星座布局和空间布局，它们也一起跟着无限地相互远离——它们之间的张力将无限地减弱，直到海洋式的无差别状态。

就像来自同一个天空和相同雨水的河流会相互分离一样，来自同一个原初场景的众生的命运也会有不同的足迹。然而也许它们会在某个地方相遇，就像那些子午线一样，它们从一个极分开以后，最终会在另一个极相交。

至于我们，在意志的想象界线两边，每个决定都会创造出两个相对的斜坡，生命将向着两个相反的方向延续——每小段命运都会立即远离另一个命运小段。就像雨水和云彩那样，每个个体的命运都将在无人称的循环中重新分布。至于时间，每个时刻都是分界线，在那里，过去和将来相互分离，并将永远不再会合。况且生存不过是过去与将来之间越来越大的分离而已，直至死亡将二者汇集到绝对的现在中为止。

因此，河流分界线总是一种反常的远离，就像山脉的峰岭相互分离一样：最高的山峰正因为它们很高，所以相互的距离也就最远；同样，它们也是相距最近的山峰。

在一个唯一的大陆上，一个半真半假的大陆上，那里的河流并不分离，反而向着中心汇流，以便全部消失在同一个沙漠里：澳大利亚。某个没有分水的世界的象征：致命的、胎儿的、退化的世界，那里的河流、动物（有袋类），还有人类生灵（梦想时代）将溯源而上，而不顺流而下，它们将自我毁灭在原初场景里，而不走向它们的终结。梦境中对跖地的世界。

Keep objects as a system

Keep production as a mirror

Keep death as an exchange

Keep the world as a simulacrum

Keep the evil transparent

Keep the majorities silent

Keep your seduction alive

Keep your memory cool

Keep yourself as an other

Keep perfection as a crime

Keep illusion for the end

Keep on line for the while①

---

① 英语，译文如下：

"保持物品作为一种体系
保持生产作为一种镜像
保持死亡作为一种交换
保持世界作为一种幻影

"保持邪恶能处于透明中
保持多数人处于沉默中
保持你的诱惑在鲜活中
保持你的记忆在冷酷中

"保持你自己作一个另类
保持完美作为一个罪行
保持幻想就为这个结果
保持在线就为这么一刻"。